NUIT BLANCHE
AUX SONS DES TAM-TAMS

Collection « Noir »

fondée par Carole Martinez et dirigée par Jérôme Martin

La collection « Noir » accueille tous types d'ouvrages policiers, romans noirs, à suspense, d'espionnage et thrillers ainsi que des nouvelles sur la même thématique dont l'intrigue peut se dérouler aussi bien en France que dans le reste du monde.

Dernières parutions

Maryse VUILLERMET, *Seulement des oiseaux sur un livre,* 2020.
Maurice DACCORD, *Tantum Ergo*, 2020.
Guillaume LACOTTE, *Échec et Marx*, 2020.
Robert Charles PUIG, *L'absurde destin des êtres*, 2020.
Philippe DUPARC, Saïda GHOUDDANE, *Parfum d'ambroisie*, 2020.
Frédéric COPPERBLOOM, *Car-jackée à La Hulpe. Une aventure du lieutenant Vermeulen dans la banlieue de Bruxelles*, 2020.
Patrick BRISSET, *Sur un air de Sacha*, 2020.
Cyrille PIOT, *À la recherche d'une balle perdue*, 2019.
Pascal CHOSSAT, *L'affaire Kalippam*, 2019.
Jacques HIRON, *L'affaire Domissini*, 2019.
Thierry MÉNARD, *La malle sanglante*, 2019.
Jean-Noël AZÉ, *La laïque*, 2019.
Frédéric COPPERBLOOM, *Faux suicide à Montreuil*, 2019.
Frédéric COPPERBLOOM, *Buté au Lamentin*, 2019.
Alain BRASSART, *L'indolente*, 2019.
Jacqueline ARIA, *Les secrets de l'île*, 2019.
Jean-Louis LOPEZ, *Bleu de Hongrie*, 2019.
Thomas CHANCERELLE, *La maison qui respire*, 2019.
Onur AKTAS, *Revenir*, 2019.
Pierre MAZET, *Oublie le sourire d'Angkor*, 2019.
Valeria DEL BON, *Les ombres de Saint-Marc*, 2019.
Gérard NETTER, *L'étrange affaire Tiburce Petitpas*, 2019.

Patrick-Serge Boutsindi

Nuit blanche aux sons des tam-tams

L'Harmattan

Du même auteur

Terre Natale, nouvelles. Éd. Écrivains Associés, 1998

Missives Congolaises, essai. Éd. D'ossiers d'Aquitaine, 2000.

L'enfant Soldat, roman. Éd. L'Harmattan, 2001.

L'Avis des Ancêtres, nouvelles. Édition L'Harmattan, 2003

Le Mbongui, nouvelles. Éd. L'Harmattan, 2005.

Kakou et Mégane, roman. Éd. L'Harmattan, 2007.

L'homme qui avait trahi Moungali, nouvelles. Édition L'Harmattan, 2009.

Une Fille du Congo, roman. Éd. L'Harmattan, 2010.

Bal des Sapeurs à Bacongo, nouvelles. Édition L'Harmattan, 2011.

La Fête de Ya foufou, conte. Éd. L'Harmattan, 2013.

Jour des funérailles à Poto-Poto, nouvelles. Édition L'Harmattan, 2013.

Le Voyage de Ya foufou, conte. Édition L'Harmattan, 2014.

Les Amants de Bar-le-Duc, roman. Édition L'Harmattan, 2015.

Le Mariage de Ya foufou, conte. Édition L'Harmattan, 2015.

Les Échos du vin de palme à Makélékélé, nouvelles. Éd. L'Harmattan, 2016.

Le Baptême de Ya foufou, conte. Éd. L'Harmattan, 2017.

L'Heure de la Vengeance à Ouenzé, nouvelles. Éd. L'Harmattan, 2018.

« L'Homme doit constamment interroger le monde qui l'entoure. »

Socrate

« Si l'immigration africaine, noire et arabe n'existait pas, la droite décomplexée l'aurait inventée en vue de donner aux Français l'impression qu'elle les protège contre les étrangers. »

Aminata Traoré (*L'Afrique humiliée*)

À mon ami, Serge Patrick Samba

Ce jour-là, en ce début d'octobre, une pluie battante accompagnée d'un vent violent tombait sur Thionville et lessivait le sol. Pourtant, les gens continuaient à vaquer à leurs occupations. Les bus suivaient leur itinéraire, tandis que les voitures roulaient dans toutes les directions. La jeune fille qui vint se présenter au commissariat de police en début d'après-midi avait l'air hagard, comme accablée par de gros soucis. Trempée jusqu'aux os, elle portait un sac de sport sur les épaules. Ses cheveux coiffés en désordre étaient texturés-crépus. Les deux policiers qui se trouvaient à l'accueil ne firent d'abord pas attention à elle. Ils parlaient tous deux d'une affaire de braquage à la voiture bélier. Un de leurs collègues qui descendait les escaliers, les mains chargées de documents, regarda la demoiselle d'origine africaine qui s'avançait droit vers lui, en lui tendant un papier d'état civil :

— Bonjour, je viens d'arriver en France et je suis mineure. Je n'ai pas de famille en France.

Le policier parcourut rapidement le certificat d'extrait d'acte de naissance avant de s'adresser à ses camarades de l'accueil.

— Je pense que nous avons affaire à une jeune ressortissante du Congo-Kinshasa qui vient d'arriver en France, et qui cherche de l'aide.

— Je peux voir le document qu'elle t'a montré ? demanda son collègue.

— Tiens, je ne crois pas qu'elle ait un autre document sur elle, du genre passeport. Ça me fait penser au cas qu'on a eu il y a trois mois. La jeune fille venait également de la République Démocratique du Congo, et n'avait sur elle qu'une attestation d'acte de naissance délivrée depuis son pays, et aucun passeport. Tout ce qu'elle voulait, c'était être prise en charge et placée dans un centre d'accueil pour mineurs étrangers. Elle disait être mineure et n'avoir pas de famille en France.

— Est-ce qu'elle s'exprime au moins bien en français ?

— Écoutez, je ne sais pas, je vous la laisse, vous faites une copie de ses papiers et vous demandez au chef qui peut s'en occuper, moi je dois filer au tribunal, j'ai rendez-vous avec le juge.

— Ça doit être sûrement la PAF[1], lança le policer à son collègue qui se dirigeait vers la sortie.

On appela une femme policière à l'accueil afin d'accompagner la jeune fille aux toilettes pour qu'elle se change.

Le capitaine de police Jean-Marc Balagot pivota sur son siège avant de décrocher le combiné de téléphone. Au bout du fil, la voix rocailleuse de son supérieur se fit entendre.

— Jean-Marc, il y a une jeune fille qui serait mineure qui vient d'arriver au commissariat, et qui apparemment a besoin d'aide. Elle dit qu'elle est seule en France. Elle dit être originaire de la République Démocratique du Congo. Elle n'a pas de passeport sur elle, mais un simple extrait d'acte de naissance. Je veux que vous régliez cette affaire, car vous avez déjà eu à traiter un cas similaire il y a à peine trois mois.

— Chef, je ne travaille plus à la PAF, et actuellement je travaille sur la disparition inquiétante d'une femme, dit Jean-Marc Balagot.

— Oui, je sais, c'est moi qui vous ai confié cette enquête. Mais vous vous y connaissez bien dans les affaires de migrants clandestins et de faux papiers. Je tiens à ce que vous vous en occupiez. Ça ne vous prendra pas beaucoup de temps. Vous l'auditionnez sous la retenue administrative, et si vous découvrez qu'elle nous a présenté de faux papiers, qu'elle a menti sur son âge, vous l'interrogez sous le régime de la garde à vue. Vous avisez en même temps le parquet pour voir avec quel juge des enfants vous allez pouvoir travailler, et vous informez également les autorités

[1] Police aux frontières.

préfectorales pour envisager éventuellement un placement en centre de rétention ou en foyer d'hébergement pour jeunes migrants.

— Chef, pourquoi on ne téléphone pas directement à l'ASE [2] à Metz pour qu'elle soit prise en charge dès maintenant ?

— Non, elle est venue d'elle-même se présenter au commissariat de Thionville, et c'est à nous de l'interroger avant qu'on appelle qui que ce soit, et je pense qu'après son atterrissage à Paris, quelqu'un l'a emmenée directement à Thionville, à moins qu'elle ait pu passer par Lampedusa, en Italie, ensuite passer la frontière française et prendre le train pour venir à Thionville. Sinon, elle se serait arrêtée plutôt à Metz ou dans je ne sais quelle autre ville, et se présenter dans les locaux de l'ASE. Pour moi, c'est une gamine qui est paumée et qui ne sait pas où aller, comme la majorité des jeunes migrants qui débarquent en France ou ailleurs en Europe. Nous ne pouvons pas non plus téléphoner à l'AIEM [3] à Metz, car la fille prétend être mineure, et l'AIEM ne s'occupe que des demandeurs d'asile, c'est-à-dire des personnes déjà majeures. Essayez de régler cette affaire rapidement et continuez avec l'enquête en cours concernant la disparition de Madame Papin. Bon ! il faut que je vous laisse.

L'interprète congolais à qui le commissariat de Thionville avait fait appel pour assister la jeune fille congolaise, n'était pas originaire de la République Démocratique du Congo, anciennement appelée Zaïre, et ancienne colonie belge, mais de la République du Congo, ancienne colonie française, dont la capitale est Brazzaville. Les deux pays, pour ne pas dire les deux Congo, sont séparés par un fleuve qui porte le même nom, et ont en

[2] L'aide sociale à l'enfance.

[3] L'association d'information et d'entraide mosellande.

commun deux langues nationales, le lingala et le kikongo Ya l'État (le mounoukoutouba), sans oublier le français, la langue officielle.

L'interprète se prénommait Guillaume Gabio. Il habitait Metz, à vingt-cinq minutes de Thionville, et était assermenté. Il exerçait son métier d'interprète en langue lingala dans les différents tribunaux et commissariats, y compris dans les hôpitaux de la région. Une inscription à l'université de Metz depuis son pays lui avait permis de venir en France, et plus précisément à Metz, et depuis, il n'était plus retourné au Congo.

On le présenta à la jeune fille dès son arrivée au poste de police.

— Mboté (bonjour), dit l'interprète.

— Mboté, répondit la jeune fille.

— Kombo na yo nani ? (comment t'appelles-tu ?)

— Kombo na nga (je m'appelle) Lisa Mayombé, dit-elle.

— Oza mwana ya Kinshasa ? (es-tu originaire de la ville de Kinshasa ?)

— Hé nazali mwana ya Kin (oui, je viens de Kinshasa)

— Okomi na poto kala ? (il y a longtemps que tu es arrivée en France ?)

— Té, na komi kala mingui té, ka na mikolo oyo éliki (non, il n'y a pas longtemps que je suis arrivée en France. Il y a seulement quelques jours)

— Nga nazali mwana ya Brazzaville, nazali interprète, na koloba na lopoto makambo nionso oyo yo okoloba na lingala, pé na koloba na yo na lingala mitouna nionso oyo ba mbila bakotouna yo. (moi je suis originaire de la ville de Brazzaville, et je suis interprète. Je vais traduire en français tout ce que tu vas dire en lingala, et je vais te traduire toutes les questions que les policiers vont te poser.)

L'interprète continua à lui poser des questions sur son arrivée en France, en attendant que le capitaine Jean-Marc

Balagot vienne les chercher pour les amener dans son bureau.

L'interprète portait une parka et avait des cheveux coupés de près. Il transportait un porte-documents à la manière d'un fonctionnaire. Quant à la jeune Lisa Mayombé, elle était habillée d'un pantalon de couleur jaune et d'un gros pull, avec une écharpe nouée autour du cou. Ses chaussures de sport brillaient comme neuves. Elle était mince, et avait une mine inquiète. Elle prenait de temps en temps sa tête dans les mains, en fermant les yeux. Elle avait le regard triste, et maudissait sans doute la personne qui l'avait emmenée en France, puis abandonnée à la gare de Thionville.

Jean-Marc Balagot connaissait bien l'interprète congolais pour avoir déjà fait appel à ses services. D'ailleurs, ce jour-là, c'est lui qui avait communiqué le numéro de téléphone de l'interprète aux policiers à l'accueil.

Le travail d'interprète auprès des tribunaux comme au sein de la police n'était pas très bien rémunéré, et les gens devaient parfois attendre plusieurs mois avant de toucher leur dû. Le ministère de la Justice ne prévoyait jamais dans son budget une somme allouée aux interprètes et traducteurs, raison pour laquelle les interprètes se faisaient rares.

Le bureau qu'occupaient le capitaine Jean-Marc Balagot et son collègue au deuxième étage du commissariat était vaste et lumineux. Sa grande fenêtre vitrée donnait face au grand bâtiment du théâtre municipal de Thionville, couramment appelé le Nest. Avec ses mille places, il était la plus grande scène de théâtre de Lorraine. Humour, théâtre-comédie, chanson, musique et danse y étaient programmés chaque année.

La quarantaine largement dépassée, comme son collègue, les épaules larges et un corps sportif, le capitaine Jean-Marc Balagot était rentré dans la police par vocation familiale.

Son père et son oncle avaient tous deux fait carrière dans la police nationale avant de prendre leur retraite. Son père était fou de joie le jour où Jean-Marc lui annonça son intention de devenir policier. Ce fut après l'obtention de son baccalauréat, avant de partir suivre des études de droit à Nancy. Le jeunot qu'il avait été, et qui était né à Sierck-les-Bains, avant de grandir à Yutz, n'était plus le même à la sortie de l'école de police. Il était devenu vite papa et avait pris son métier de flic très au sérieux.

C'est dans le Nord de la France, et plus précisément à Lille où il fut affecté dès sa sortie de l'école de police, qu'il se confronta aux réalités de policier. Il menait des enquêtes en arrêtant des voyous, des fraudeurs du fisc, des criminels en col blanc, des escrocs et autres dealers pris la main dans le sac. Il chapitrait des délinquants pour qu'ils avouent leurs délits. Il traquait l'argent sale en frappant aux portefeuilles des mafieux. Il découvrit par son métier plusieurs facettes de la société, ainsi que le côté sombre de la nature humaine : les tapages nocturnes, les cambriolages, les bagarres, la verbalisation des sagouins, les suicides, les agressions sexuelles, les viols, les assassinats, les vols à l'étalage et à main armée, les détournements de fonds publics, les associations de malfaiteurs en bande organisée, les filatures pour démanteler des réseaux de la prostitution et du blanchiment d'argent de la drogue, la corruption à tous les niveaux, les violences conjugales et autres faits divers n'avaient plus de secrets pour lui.

Jean-Marc Balagot avait appris à baragouiner l'argot, à observer tous les phénomènes de violence, à les analyser et les dénouer en arrêtant leurs auteurs et complices pour qu'ils soient traduits en justice et condamnés. Les gens bien ça n'existe pas, disait souvent ce flic au teint blafard, à la barbe de trois jours, et qui aimait enfiler un blouson de cuir noir.

Après dix ans passés à Lille où il rencontra la mère de ses deux enfants lors d'une ducasse, Jean-Marc Balagot eut la nostalgie de la Lorraine, sa région natale. Il demanda à être muté à Thionville où un poste venait de se libérer. Il s'installa à Yutz, la commune de son enfance, avant finalement de divorcer de sa femme, et d'acheter un appartement à Thionville, sur l'avenue de Guise.

L'interprète congolais et la jeune fille prirent place dans le bureau face à Jean-Marc Balagot. Le policier portait ce jour-là une chemise à carreaux, à manches longues, tandis que son collègue, officier de police également, était vêtu d'un pull-over. Il avança son siège pour ne rien perdre de l'entretien qui allait avoir lieu. Et, avant même que Jean-Marc Balagot ne commence à interroger la jeune fille, il l'interpella :

— Jean-Marc, n'oublie pas de lui rappeler ses droits, de lui dire que, si elle le souhaite, elle peut être assistée par un avocat commis d'office, et qu'elle peut demander à voir un médecin, car sinon, tout le travail que tu vas faire pourrait tomber à l'eau. Le juge des enfants peut nous saquer pour non-respect de la procédure, et ce sera tout bénef pour elle.

— Oui Arnaud, je sais, c'est pourquoi j'ai demandé à l'interprète de venir l'assister. La procédure veut qu'elle soit assistée d'un traducteur vu qu'elle ne parle pas bien français, répondit Jean-Marc Balagot avant de s'adresser à l'interprète.

— Monsieur Gabio, je vous remercie d'être venu. Voilà, cette jeune fille prétend avoir seize ans, c'est ce qui est indiqué sur l'extrait d'acte de naissance qu'elle nous a présenté, et qui lui a été délivré à la mairie du quartier de Kasa-Vubu, dans la ville de Kinshasa, en République Démocratique du Congo. Elle dit être arrivée en France il y a une semaine, et elle prétend ne pas avoir de famille en France. Elle ne possède sur elle aucun passeport avec un visa d'entrée sur le territoire français. Pour moi, il n'y a aucun doute, elle est rentrée illégalement en France. Quand et comment, et par où, je ne le sais pas. C'est à elle de nous le dire. Elle dit être venue avec un homme, qui l'aurait ensuite abandonnée à la gare de Thionville, et après, ne sachant pas où aller, elle est venue d'elle-même se présenter au commissariat pour nous demander de l'aide, qu'on lui trouve un foyer qui héberge de jeunes mineurs étrangers pour qu'elle soit prise en charge. Je ne sais pas qui lui a soufflé l'idée, mais elle a l'air de bien savoir comment les choses fonctionnent dans notre pays. Elle sait qu'il existe des services sociaux qui prennent en charge de jeunes mineurs étrangers qui n'ont pas de famille en France. Nous de notre côté, on a fait une petite enquête et aussi prélevé ses empreintes. Nous avons lancé une recherche sur la borne de Visabio, et on a découvert, premièrement, qu'elle ne s'appelle pas comme elle le prétend, c'est-à-dire, Lisa Mayombé, seize ans, originaire de la République Démocratique du Congo, mais en réalité elle se nomme Isabella Gomez, a vingt-quatre ans, est née non pas comme elle le dit, à Kinshasa, au Congo, mais à Luanda, en Angola, et les Angolais parlent le portugais comme langue officielle, car ce pays qui partage sa frontière avec la République Démocratique du Congo, est une ancienne colonie portugaise. Soit elle ne nous dit pas la vérité, donc elle nous ment, mais ça, nous allons vite le découvrir ; soit elle nous dit tout, c'est-à-dire, comment elle est arrivée en France, et avec qui, et avec quel document, parce que, pour nous, il y a eu forcément usurpation d'identité. Moi, personnellement, je n'ai rien contre elle, mais il y a une incohérence dans le récit qu'elle raconte. Il va falloir qu'elle nous dise toute la vérité, à commencer par sa véritable identité et son âge réel. Pourriez-vous lui demander si elle veut qu'un avocat soit présent pendant son audition, et si elle souhaite qu'on l'emmène voir un médecin ?

L'interprète traduisit à la fille ce qui venait d'être dit.

— Elle dit qu'elle n'a pas besoin d'un avocat.

— Est-ce qu'elle a des soucis de santé en ce moment, et désire être examinée par un médecin ?

— Elle dit qu'elle a de temps en temps de maux de ventre et des céphalées, et qu'elle a parfois du mal à dormir.

— Elle souffre donc de maux de ventre, de maux de tête, et aussi de problèmes d'insomnies, mais est-ce que dans l'immédiat elle a besoin de voir un médecin ? Et est-ce qu'elle veut manger quelque chose ?

— Elle dit que non, répondit l'interprète.

— Pourriez-vous lui expliquer qu'elle est placée sous le régime de la garde à vue, qui dure vingt-quatre heures, et qu'elle va passer la nuit ici dans le commissariat ? Qu'elle dormira dans l'une de nos cellules de garde à vue jusqu'à demain matin, avant d'être présentée à un juge qui décidera de son cas. Le juge, s'il le souhaite, pourra nous demander un complément d'enquête concernant sa minorité. Nous la conduirons dans ce cas à l'hôpital pour qu'elle fasse un test osseux, une radio au poignet qui déterminera son âge exact, expliqua Jean-Marc Balagot.

Le collègue du capitaine Balagot ajouta :

— Vous pouvez également lui dire que ce soir, avant de dormir, nous lui offrirons un repas gratuit.

— Elle mangera des pâtes, ou bien on ira lui chercher un kebab-frites, lança Jean-Marc Balagot.

— Et une canette de Coca, ajouta son coéquipier, avec un sourire en coin.

Arnaud Mariotti, le collègue de bureau de Jean-Marc Balagot avait le grade de lieutenant, et portait une fine moustache. La quarantaine bien sonnée également, il avait une silhouette longiligne et un air de beau gosse. Il était originaire de la petite commune de Villerupt, à vingt-cinq kilomètres de Thionville. Il habitait Terville, ville mitoyenne de Thionville, comme celle de Yutz. Il aimait de temps en temps griller une cigarette.

Tandis que Jean-Marc Balagot continuait à poser des questions à la jeune Africaine, Arnaud Mariotti demanda gentiment à la petite migrante d'ouvrir le gros sac noir afin d'inventorier les choses qui s'y trouvaient. Il mit des gants blancs, prit une feuille et un stylo pour tout noter. Il y avait un gros pull à col roulé, un pantalon en jean et un autre de couleur grise, une jupe, une robe en tissu africain, trois chemises, trois paires de chaussures, des sous-vêtements, une serviette, des produits de maquillage et une trousse de toilette. Il lui demanda si elle avait sur elle de l'argent à déclarer. La jeune fille sortit son portefeuille et lui présenta deux billets de vingt euros.

On continua à lui poser des questions.

— Est-ce qu'elle est allée à l'école ?

— Elle dit que oui, mais elle s'est arrêtée à l'école primaire.

— Pourquoi elle a arrêté ses études ?

— Elle dit que c'est parce que ses parents étaient pauvres, et qu'ils ne pouvaient pas lui payer les études secondaires.

— Elle est arrivée en France quand exactement, et comment ?

— Elle explique qu'elle est arrivée en France il y a une semaine, et qu'ils sont arrivés par avion.

— Et l'avion a atterri où, dans quelle ville française ?

— Elle dit qu'ils ont atterri à Paris, traduit l'interprète.

— Pourriez-vous lui demander pourquoi elle n'a pas de passeport sur elle, le document qui lui a permis de prendre l'avion ?

— Elle dit que c'est le Monsieur avec lequel elle a voyagé qui lui a confisqué son passeport dès leur arrivée en France.

— Elle veut dire à Paris ?

— Oui, à l'aéroport Roissy-Charles-De-Gaulle. Le Monsieur lui a ordonné de lui rendre le passeport après avoir passé la douane.

— Comment s'appelle cette personne et où est-elle ?

— Elle dit que ce Monsieur s'appelle Félix Lokito, mais tout le monde l'appelle Grand Lolo, et elle ne sait pas où il est parti. Elle explique que Félix Lokito, après l'avoir emmenée à la gare de Thionville pour soi-disant prendre un train pour Paris, lui a demandé de l'attendre dans le hall de la gare, pendant qu'il allait au centre-ville chercher à manger, et il n'est plus revenu. Elle a attendu longtemps, ensuite elle a commencé à paniquer parce qu'elle ne savait pas quoi faire ni où aller. Elle s'est mise à pleurer, et à un moment, elle a croisé un Africain à la gare de Thionville qui parlait le lingala. Elle lui a expliqué tout ce qui lui était arrivé et elle lui a demandé de l'aide. Cet Africain l'a fait monter dans le bus en lui payant le ticket et en demandant au chauffeur de bus de la faire descendre au commissariat de Thionville, traduit l'interprète Guillaume Gabio.

— Est-ce qu'elle peut nous dire combien de temps ils sont restés à Paris ?

— Elle dit qu'ils sont restés cinq jours.

— Et ensuite, ils sont venus directement à Thionville, ou bien ils sont d'abord passés par une autre ville ?

— Elle dit, après Paris, ils sont venus directement ici.

— Elle est venue avec le dénommé Félix Lokito alias Grand Lolo ? interrogea Jean-Marc Balagot.

— Elle dit que oui, traduit l'interprète.

— Ils sont venus comment jusqu'à Thionville ? En voiture ou en TGV ?

— Elle répond qu'ils ont pris le train pour venir jusqu'à Thionville.

— Peut-elle nous dire chez qui ils ont habité quand ils sont arrivés à Paris ?

— Elle dit qu'ils ont été hébergés par un cousin de Félix Lokito, traduit l'interprète.

— Est-ce que ce cousin de Félix Lokito vit seul ou il a une femme et des enfants ?

— D'après elle, il vit tout seul.

— Et pourquoi ont-ils quitté Paris ?

— Elle dit que Félix Lokito tenait à l'emmener à Thionville.

— Donc, si je comprends bien, leur destination finale depuis l'Afrique, était de venir ici à Thionville ?

— Elle répond qu'elle ne sait pas, mais que c'est Grand Lolo qui décidait de tout. Elle, elle ne faisait que le suivre.

— Est-ce qu'il y avait d'autres jeunes filles qui accompagnaient Félix Lokito ?

— Elle dit qu'elle était la seule fille qui a fait le voyage avec Grand Lolo, dit l'interprète.

— Pourriez-vous lui demander de nous dire quel âge a ce Grand Lolo ?

— Elle dit qu'il a quarante-huit ans.

— Maintenant, peut-elle me dire où ils ont dormi lorsqu'ils sont arrivés à Thionville ? Est-ce qu'ils ont loué des chambres à l'hôtel ou ils ont logé chez quelqu'un ?

— Elle dit qu'ils ont pris un taxi et sont allés directement chez une femme d'origine africaine chez qui ils ont dormi deux jours, jusqu'à ce matin.

— Est-ce qu'elle peut nous dire, quand ils sont montés dans le taxi pour arriver jusqu'à chez cette dame, et combien de temps environ le trajet a duré ?

— D'après elle, le trajet dans le taxi a duré à peu près dix minutes, traduit l'interprète.

— Si je comprends bien, c'est dans le centre-ville de Thionville qu'habite la dame chez qui ils ont dormi pendant deux jours, dit Jean-Marc Balagot.

— Moi je dirais la même chose, ajouta son collègue Arnaud Mariotti.

— Est-ce qu'elle peut nous donner l'adresse de la maison ou de l'immeuble où réside cette femme chez qui ils ont dormi ?

— Elle dit qu'elle ne connaît pas son adresse.

— Est-ce qu'elle connaît son nom ?

— Elle dit qu'elle ne connaît pas son nom, mais seulement son prénom, traduit l'interprète.

— C'est comment son prénom ?

— Elle dit qu'elle s'appelle Micheline.

— Est-ce qu'elle réside dans une maison ou bien dans un appartement ?

— D'après elle, elle vit dans un appartement, car ils ont monté plusieurs étages.

— Est-ce qu'elle se souvient de l'immeuble où habite cette femme ? demanda le policier.

— Elle dit ne pas se souvenir de l'immeuble parce qu'il faisait nuit lorsqu'ils sont arrivés à Thionville, et qu'elle n'est pas sortie de l'appartement durant les deux jours où ils ont dormi chez cette dame.

— Et pourquoi n'êtes-vous pas sortie de cet appartement ? interrogea Jean-Marc Balagot.

— Elle dit que c'est parce que Félix Lokito lui avait interdit de sortir de l'appartement et de se balader seule dans Thionville, au risque de se faire arrêter par des policiers et d'être refoulée au pays. D'ailleurs, Félix Lokito ne lui a jamais rendu son passeport.

— Et quand vous êtes restés cinq jours à Paris, vous ne sortiez pas non plus ?

— Elle dit que là-bas aussi, on lui avait donné l'ordre de ne pas sortir par peur de la police, traduit Guillaume Gabio.

— Finalement, vous n'êtes pas sûre d'avoir habité à Paris ou bien en banlieue parisienne avant de venir à Thionville ? interrogea Jean-Marc Balagot.

— Elle dit qu'elle ne sait pas si c'était à Paris ou bien dans la banlieue parce qu'elle ne sortait pas de la maison.

— Voilà au moins une chose claire, dit le capitaine Jean-Marc Balagot.

La jeune fille se tourna vers le traducteur, dit une phrase, et celui-ci la traduisit aussitôt à Jean-Marc Balagot.

— Elle voudrait ajouter quelque chose à propos de la femme chez qui ils ont dormi.

— Parlez, je vous écoute.

— Loba (parle) traduit l'interprète à Lisa Mayombé.

Guillaume Gabio l'écouta avec beaucoup d'attention et traduisit aussitôt ses propos à Jean-Marc Balagot. La jeune fille sur la réserve poursuivit son récit en lingala.

— Elle dit que cette dame a environ une cinquantaine d'années, et qu'elle est la maîtresse de Monsieur Félix Lokito alias Grand Lolo. Et pendant les deux jours où ils ont dormi chez elle, Grand Lolo a dormi dans la chambre de cette femme, et elle les a entendus faire l'amour.

— Cet appartement a combien de chambres ? interrogea le policier.

— Elle dit que son appartement a deux chambres, qui sont contiguës, et elle a dormi dans l'autre chambre, traduit l'interprète.

— Pourquoi Félix Lokito a tenu à retourner avec vous à Paris ? demanda Jean-Marc Balagot.

— Elle dit que c'est parce que la femme qui les a reçus, les a chassés au bout de deux jours, car Grand Lolo et elle ne faisaient que se disputer. Ils se sont même bagarrés, et c'est là qu'elle leur a ordonné de quitter son appartement. Elle les a chassés, traduit l'interprète.

— Maintenant, je veux qu'elle me dise pourquoi elle a une double identité. Elle dit être originaire de la République Démocratique du Congo, qu'elle serait née et aurait grandi à Kinshasa, dans le quartier de Kasa-Vubu, mais elle a voyagé avec un passeport angolais, établi à Luanda. Et sur ce passeport, elle est majeure, et elle s'appelle Isabella

Gomez et non Lisa Mayombé. Peut-elle nous l'expliquer ? demanda Jean-Marc Balagot.

— Elle dit que son véritable nom est bien Lisa Mayombé, et qu'elle est mineure. C'est Monsieur Félix Lokito qui s'est occupé de toutes les démarches concernant son passeport, le billet et le visa en Angola. Elle ne faisait que le suivre et obéir aveuglément quand il lui disait par exemple d'aller faire des photos ou qu'on lui prenne ses empreintes.

— Est-ce qu'elle parle le portugais, la langue officielle de l'Angola ? demanda Jean-Marc Balagot, l'air malicieux.

— Elle dit qu'elle ne sait pas parler le portugais.

— Elle a voyagé sous une fausse identité, et c'est Monsieur Félix Lokito qui s'est occupé de toutes les démarches administratives pour lui faire établir un faux passeport et un visa. Il lui a payé le billet d'avion, mais est-ce qu'elle peut me dire combien de temps elle a vécu à Luanda avant de voyager en France ?

— Elle dit qu'ils sont restés un mois et demi à Luanda, traduit l'interprète.

— Chez qui vivaient-ils à Luanda ?

— Elle dit qu'ils habitaient tous les deux chez la petite sœur de Grand Lolo.

— Peut-elle nous dire pour quelles raisons elle a quitté son pays la RDC pour aller en Angola ? demanda Jean-Marc Balagot.

— Elle dit avoir précipitamment quitté son pays pour des raisons politiques. Qu'elle a fui le Congo pour trouver refuge en Angola parce que sa vie y était menacée.

— Elle dit être mineure et elle faisait déjà de la politique dans son pays ! s'exclama Jean-Marc Balagot.

— En fait, c'est son père qui était engagé politiquement dans un mouvement d'opposition qui s'appelle le CCDP[4] (4), et lors d'une manifestation contre le pouvoir en place, contre le gouvernement du président

---

[4] Convention des Congolais pour la Démocratie et la Paix.

Joseph Kabila, son père a été arrêté, battu puis jeté en prison. Et, depuis, elle est sans nouvelles de lui. Elle ne sait pas s'il est mort ou vivant. Le jour même de son arrestation, le soir, des militaires sont venus

à leur domicile, ils ont défoncé la porte de leur maison, en disant être à la recherche de documents politiques, de tracts et autres papiers que détenait son père, et quand sa mère s'est opposée à leur brutalité, ils l'ont frappée avant de la violer. Elle aussi fut violée ce soir-là par deux soldats de l'armée congolaise. Ils ont saccagé leur maison en cherchant des preuves de l'engagement politique de son père qu'ils n'ont d'ailleurs pas trouvées. En partant, ils ont menacé de revenir plus tard pour les tabasser et les violer à nouveau. Dès le matin, sa mère a décidé de quitter la ville de Kinshasa et d'aller se réfugier dans son village natal, dans la région de Kasaï, en emmenant avec elle son petit frère de trois ans. Avant de s'enfuir, sa mère l'a confiée à Monsieur Félix Lokito, un ami de son père, le suppliant de la faire quitter le pays et de l'emmener en Europe. Elle lui a aussi remis un peu d'argent pour le voyage. Elle dit qu'ils ont pris un camion de transport avec Grand Lolo pour aller jusqu'en Angola, et de là, il s'est occupé de toutes les démarches administratives pour l'emmener en France. Elle dit qu'elle a beaucoup souffert lorsqu'elle habitait dans son pays, et elle ne souhaite pas retourner vivre là-bas, car elle a peur d'être à nouveau violée et rejetée à cause des engagements politiques de son père. Elle n'a plus de nouvelles de sa mère ni de son petit frère. Elle ne sait pas ce qu'est devenu son père. C'est la raison pour laquelle elle tient à vivre en France. Elle dit qu'elle est bien mineure, qu'elle a seize ans, et elle a envie de retourner à l'école pour apprendre un métier.

Monsieur Gabio fit une pause, leva la tête et rajusta ses lunettes. Il ne savait pas quoi penser de cette jeune demoiselle. Après tout, il n'était pas là pour la juger, mais simplement restituer au mieux les propos de la jeune fille.

— Ça, vous verrez avec les éducateurs et les assistantes sociales si le procureur de la République décide que vous pourrez rester en France. Ce n'est pas de la compétence de la police. Maintenant, je vais imprimer votre procès-verbal et demander à l'interprète de vous le relire avant de le signer tous les deux, et ensuite je vais tout envoyer aux autorités compétentes qui vont décider de la suite à donner, expliqua le capitaine Jean-Marc Balagot.

Le capitaine Balagot pensait en finir très rapidement avec le dossier de la jeune immigrée congolaise. Mais il se trompait. Celle-ci fut présentée dès le lendemain matin à une juge des enfants du tribunal de Thionville, en présence de l'interprète. La juge demanda à ce qu'un examen osseux soit fait afin de déterminer l'âge exact de la jeune fille. Les résultats de l'hôpital confirmant sa minorité, la juge ordonna qu'elle soit immédiatement prise en charge par les services sociaux du département de la Moselle, et placée dans un foyer pour mineurs étrangers isolés. Elle fut admise au foyer Carrefour à Metz, car Thionville ne disposait pas de structure pour accueillir ces jeunes étrangers ni les adultes demandeurs d'asile politique. Et les associations humanitaires de Thionville n'organisaient pas de maraudes chaque soir pour apporter de l'aide aux migrants. Mais pour Jean-Marc Balagot, cette affaire était encore loin d'être terminée, car la juge, qui pensait tout comme le procureur de la République à un trafic d'êtres humains à Thionville, demanda l'ouverture d'une enquête policière pour savoir qui était cet homme qui avait accompagné la demoiselle Lisa Mayombé jusqu'en France, et qui l'avait ensuite abandonnée à la gare de Thionville. Qui était cette femme qui les avait hébergés durant deux jours avant de les mettre à la porte, à six heures du matin ? On soupçonnait une escroquerie vis-à-vis des services sociaux basée sur l'immigration illégale de mineurs africains, car en cinq mois, il y eut trois cas similaires de jeunes filles mineures originaires de la RDC abandonnées à la gare de Thionville, et qui étaient allées se présenter spontanément au commissariat de police de la ville pour demander de l'aide.

De retour dans son bureau, Jean-Marc Balagot lança à son collègue Arnaud Mariotti :

— Cette histoire de la gamine congolaise va me faire perdre du temps et perturber mon enquête sur la femme qui est portée disparue il y a maintenant trois semaines, et dont la famille n'a plus aucune nouvelle. J'ai déjà une enquête à mener, et voilà qu'on me colle une nouvelle enquête pour retrouver des trafiquants de mineurs clandestins africains.

— Ne t'inquiète pas Jean-Marc, nous sommes deux sur cette enquête, et nous ferons le maximum pour retrouver cette Madame Papin. Pour moi, soit elle est déjà morte assassinée, et on a fait disparaître son corps ; ou alors elle s'est enfuie du domicile conjugal et se cache quelque part. Ça sent comme une histoire de pognon, une histoire de gros sous, car c'est une famille qui a du fric, dit Arnaud Mariotti.

— Qu'est-ce qu'ils ont encore comme sociétés ou entreprises ? interrogea Jean-Marc Balagot.

— Le couple gère deux pharmacies au Luxembourg.

— Ils sont propriétaires ou simples gérants ? demanda Jean-Marc Balagot.

— Ce sont eux les patrons des deux pharmacies.

— Je sais qu'ils ont des biens immobiliers dans le Sud, du côté de Montpellier.

— Ils possèdent une villa et trois appartements, qu'ils louent, précisa son collègue, le lieutenant Mariotti.

— Qui héritera en cas du décès de la femme ? demanda Jean-Marc Balagot.

— Le mari, répondit Arnaud Mariotti.

— Pour l'instant, c'est notre suspect numéro un, car il a attendu une semaine après la disparition de sa femme pour venir au commissariat déposer une main courante pour disparition inquiétante. Tu ne trouves pas ça un peu bizarre ? Il y a peut-être chez lui une jalousie maladive qui l'aurait poussé à tuer sa femme et à faire disparaître son cadavre, dit Jean-Marc Balagot.

— Il a dit au début qu'il pensait à une simple histoire de fugue. Le couple est en instance de divorce. Sa femme est une personne majeure, et lorsqu'une personne majeure disparaît, on n'informe pas tout de suite la police, on pense que l'individu va réapparaître d'ici là, ce n'est pas le cas dans la disparition de mineur, d'un enfant. Là, les gens sont obligés de donner immédiatement l'alerte auprès de la police. En fait, au bout d'une semaine, ne voyant pas son épouse réapparaître, il a dit avoir commencé à s'inquiéter sérieusement, et c'est pourquoi il a décidé de venir nous voir pour signaler sa disparition.

— Et combien d'enfants ont-ils ?

— Ils ont deux filles, toutes les deux mariées. L'aînée habite à Paris, et la cadette s'est installée à Strasbourg, répondit Arnaud Mariotti.

— Je sais qu'il y en a une qui travaille dans un ministère, donc c'est l'aînée qui vit à Paris ? Et quel métier exerce sa petite sœur ? demanda Jean-Marc Balagot.

— Elle gère une boutique de vêtements. Quand je l'ai interrogée au téléphone au sujet de la disparition de sa mère et à propos de ses relations avec ses parents, elle m'a dit que tout le monde s'entend très bien dans la famille, et qu'en ce qui concerne l'idée du divorce de ses parents, d'après elle, ce n'est pas la première fois que leur couple bat de l'aile, et qu'ils envisagent de se séparer. En général, quelque temps après, ils finissent par se rabibocher, et l'idée de divorcer est aussitôt oubliée. Ses parents sont mariés depuis trente ans, et ont toujours travaillé ensemble. Ils ont bâti tout ce qu'ils possèdent aujourd'hui. Ils se sont connus à la fac de pharmacie de Nancy, et ont commencé à travailler comme simples pharmaciens avant de racheter leur propre pharmacie. Elle m'a dit au téléphone que ses parents l'ont aidée financièrement pour ouvrir sa boutique de vêtements à Strasbourg, répondit Arnaud Mariotti.

— On va la convoquer au commissariat pour lui poser quelques questions concernant sa mère.

— Tu veux que je la convoque cette semaine ?

— Non, ce serait mieux la semaine prochaine, car cette semaine, je dois impérativement retrouver cette femme qui est originaire de la RDC, dit Jean-Marc Balagot.

— C'est la dame chez qui a dormi la jeune mineure congolaise dès son arrivée à Thionville ?

— Oui, c'est elle, mais je n'ai que son prénom, Micheline. Je ne connais pas son nom de famille, et la jeune fille mineure non plus ne connaît pas son nom, et ça ne nous avance pas beaucoup.

— Jean-Marc, ce n'est pas trop difficile de trouver à Thionville une femme africaine qui a une cinquantaine d'années. Les ressortissants de la communauté congolaise vivant à Thionville ne sont pas très nombreux, avança Arnaud Mariotti.

— Et si la jeune fille ne nous a pas dit la vérité, et si cette femme n'était pas Congolaise ?

— Non, la manière dont elle l'a décrite, en affirmant qu'ils avaient une relation avec cet homme qui l'a emmenée en France, prouve bien qu'il s'agit d'une personne qui est originaire de la République Démocratique du Congo. J'en suis sûr et certain. Je ne crois pas qu'elle soit d'un autre pays d'Afrique ni qu'elle soit Antillaise.

— Tu en connais des ressortissants de la RDC à Thionville ? demanda Jean-Marc Balagot à son collègue.

— Non, je n'en connais aucun, mais par contre, je sais qu'il y a ici à Thionville un restaurant africain en centre-ville. Et je crois savoir qu'il y a également un salon de coiffure africain et une boutique africaine où l'on vend des produits de beauté et des pagnes[5], répondit Arnaud Mariotti.

— Tu fréquentes ces lieux, toi ? demanda Jean-Marc Balagot.

— Non, mais il m'est déjà arrivé plusieurs fois de passer dans les rues où se trouvent ces établissements.

---

[5] Tissu africain.

— Arnaud tu me donnes une idée, nous irons enquêter dans tous ces endroits que tu viens de citer, et demander à leurs gérants ou propriétaires s'ils connaissent à Thionville une femme qui se prénomme Micheline, qui a environ une cinquantaine d'années, et qui est originaire de la République Démocratique du Congo, dit Jean-Marc Balagot.

— C'est peut-être une cougar, vu qu'elle est beaucoup plus âgée que son compagnon.

— Je ne sais pas si l'on peut parler de cougar, parce que d'après la jeune fille, cette femme a une cinquantaine d'années, et le mec a quarante-huit ans. Leur écart d'âge n'est donc pas énorme.

Le restaurant « À la table d'Obama » était situé au numéro 15 de la rue du Mersch, en plein centre-ville de Thionville, non loin de la place Anne Grommerch, anciennement appelée place du marché. On y servait de la cuisine africaine revisitée, et douce en épices. On y organisait également des fêtes avec des repas plantureux. Il possédait deux salles, dont une à l'étage. Quelques statuettes venues du Cameroun servaient de base au décor, avec un grand tableau noir accroché au mur où s'affichait les menus du jour : bœuf sauce arachide, ndolé, poisson braisé, poulet Yassa, poulet DG (directeur général), brochettes de bœuf, poisson salé et thiéboudienne. Le tout accompagné de bananes frites, de manioc ou de riz.

Le nom du restaurant fit rire Jean-Marc Balagot. Entrant avec son collègue Arnaud Mariotti et une autre collègue policière, il demanda par curiosité à la gérante si elle avait des liens de parenté avec le premier président noir des États-Unis, Barack Obama. Celle-ci lui répondit sans détour qu'elle n'avait aucun lien familial, qu'elle était originaire du Cameroun, en Afrique centrale, alors que la famille paternelle de Barack Obama venait du Kenya, en Afrique de l'Est. Elle ressentait néanmoins une grande fierté de porter ce nom, depuis que ce fils digne d'un père africain et d'une mère blanche américaine était devenu le quarante-quatrième président des États-Unis d'Amérique, en rendant ainsi sa dignité au peuple noir américain, et du monde entier après des siècles d'esclavage, de ségrégation, de colonisation et d'humiliation.

« À la table d'Obama » était le seul et unique restaurant africain de Thionville. Il accueillait une grande clientèle française qui désirait manger des plats exotiques et rêvait d'Afrique. Les trois policiers choisirent de manger du poulet Yassa, des brochettes de bœuf et du thiéboudienne. Ils goûtèrent également au pili-pili (piment). Leur mission consistait à gagner la confiance de la gérante et à glaner des renseignements. Ils ne tarirent pas d'éloges avant de lui demander si elle connaissait par hasard une dame africaine de cinquante ans, originaire de la République Démocratique du Congo, qui se prénommait Micheline, et qui vivait à Thionville. Ils voulaient connaître son nom de famille et remonter jusqu'à son adresse pour pouvoir la convoquer au commissariat. Mais malheureusement, pour eux, leur enquête dans le restaurant africain se conclut sans grand résultat.

En quittant le restaurant « À la table d'Obama », les trois policiers se dirigèrent vers une boutique exotique et un salon de coiffure « Beauté noire » afin de continuer leurs investigations. La jeune policière qui accompagnait les deux limiers se prénommait Gaëlle. Elle avait des cheveux roux foncé. C'est elle qui entra dans le salon de coiffure africain en faisant semblant de prendre rendez-vous pour se faire tresser à l'africaine, avec des mèches. Elle se renseigna sur d'autres formes de coiffure, et de fil en aiguille, elle finit par dialoguer avec les deux clientes africaines qui étaient assises dans le salon, et qui attendaient leur tour pour se faire tresser. Elles étaient originaires de la République Démocratique du Congo comme la personne qu'ils recherchaient. Elles papillonnaient avant d'être interrompues par la policière, et d'entamer une conversation sur les différentes coiffures africaines. Au bout de quinze minutes Gaëlle finit par connaître le nom de famille de Micheline : Kakoulouna. Il ne restait plus désormais aux policiers que de pouvoir la loger[6], avant de la convoquer au commissariat.

Les deux policiers, Jean-Marc Balagot et Arnaud Mariotti remercièrent leur collègue Gaëlle, et rentrèrent tous les trois au commissariat, en marchant tranquillement. Arnaud Mariotti alluma une cigarette.

---

[6] Localiser un individu.

Avant de recevoir Jean-Marc Balagot dans son bureau, le chef du commissariat de Thionville, le commissaire central Gilbert Picart avait d'abord rendez-vous avec le délégué de la sécurité à la mairie de Thionville. Les deux hommes voulaient évoquer ensemble l'organisation, et surtout la sécurité du marché de Noël et des fêtes de fin d'année. La grande parade de Noël qui défile chaque année dans les rues de Thionville pour annoncer Noël, ainsi que le défilé carnavalesque de la Saint-Nicolas ont lieu au mois de décembre, et durant ces festivités, Thionville grouille de monde. Les rues et les avenues sont illuminées, tout comme les chalets, les commerces et l'ensemble des bâtiments publics. Le nombre de vespasiennes est doublé. Les gens viennent nombreux à cette période pour visiter Thionville et faire des achats, en se mêlant aux Thionvillois et aux jacassements de la foule. Des frontaliers s'invitent également aux festivités de fin d'année, tout comme des Luxembourgeois et des Allemands. Mais la masse des visiteurs qui déferlent à Thionville en cette période provient surtout des habitants des communes avoisinantes, situées dans la vallée de la Fensch (Florange, Hayange, Uckange et Knutange...), et la vallée de l'Orne (Rombas, Clouange, Amnéville et Moyeuvre...)

Le délégué de la sécurité de la mairie de Thionville était un homme de courte taille qui portait des lunettes rectangulaires, avec un sourire malicieux et des cheveux tirés en arrière. Le chef de la police de Thionville le reçut ce jour-là dans son uniforme de commissaire. Cet homme, qui avait fait une grande partie de sa carrière à Paris avant d'être affecté à Thionville, avait bonne réputation auprès de ceux qu'il commandait. Il était proche de la retraite, et contrairement à son visiteur, il était de taille élancée. Les deux hommes s'enfermèrent dans le bureau pour dialoguer. Ils évoquèrent les moindres détails des fêtes de fin d'année et du marché de Noël, le nombre de policiers à déployer dans toute la ville du matin au soir, la coordination de tous les agents sur le terrain, sans oublier les militaires qui patrouillent chaque jour dans le cadre du plan Vigipirate, encore appelé « Opération sentinelle ». Les attentats terroristes qui avaient secoué et endeuillé la France ces dernières années avaient incité le gouvernement à prendre des mesures draconiennes, en demandant aux soldats, d'habitude envoyés sur les terrains de guerre, de patrouiller dans toutes les grandes villes françaises, notamment dans les aéroports, les gares et les centres-villes, afin d'épauler les policiers dans leur mission de sécurité publique et de maintien de la paix.

Après le départ de l'adjoint au maire de Thionville, délégué de la sécurité, Jean-Marc Balagot entra dans le bureau du commissaire Picart.

— Bonjour Jean-Marc.

— Bonjour chef.

— Alors où en êtes-vous avec la disparition de Madame Marie-Jeanne Papin ?

— Chef, nous essayons d'analyser sa personnalité par rapport aux informations que nous ont données ses proches, pour savoir si elle a fugué ou si elle a des tendances suicidaires, ou bien si c'est son mari qui l'a tuée, et a fait disparaître son corps, car il y a une histoire de divorce qui agitait le couple depuis quelque temps. Ils envisageaient de se séparer. Nous vérifions également son listing téléphonique. Le couple a priori n'a pas d'ennemis désignés, et on n'a pas de pistes privilégiées. Les experts en informatique ont analysé le disque dur de son ordinateur pour voir si elle allait sur des sites de rencontre, mais ça n'a rien donné, dit Jean-Marc Balagot.

— Quel âge a cette femme ?

— Elle vient d'avoir cinquante-sept ans.

— Et vous croyez qu'une dame de cet âge, qui plus est a des moyens, peut tout d'un coup fuguer ?

— Chef, cela peut tout à fait arriver, je l'ai déjà vu.

— Moi j'en doute. C'est le mari qui l'a tuée en voulant s'épargner un divorce coûteux, ou bien Madame Papin a boulotté la fortune de son mari, et celui-ci l'a assassinée. Je pense qu'au bout de l'enquête, c'est d'un meurtre qu'il s'agira. Vous retrouverez cette femme sans vie. Pour moi, elle n'a pas fui le domicile conjugal sur un coup de tête. Y a-t-il eu des mouvements sur son compte depuis sa disparition ?

— Non, ils ont un compte commun avec son mari, mais son compte personnel n'a pas bougé depuis trois semaines. Son mari nous a affirmé qu'elle a retiré la somme de cinq mille euros avant de disparaître. Elle était sortie le matin sans prendre sa voiture, et elle n'est plus rentrée à la maison. Son téléphone ne répond pas. Silence radio. Personne ne sait où elle a pu partir, car elle n'avait aucun rendez-vous apparent le jour de sa disparition.

— Est-ce qu'elle a un amant ? interrogea le commissaire Gilbert Picart.

— C'est ce qu'on cherche à savoir. Nous irons voir le mari cet après-midi, et le convoquer à nouveau au commissariat. Nous avons également convoqué sa fille cadette.

— Où vit-elle ?

— À Strasbourg.

— Et que fait-elle dans la vie ?

— Elle tient, disons qu'elle est propriétaire d'un magasin de vêtements à Strasbourg.

— L'autre fille, que fait-elle comme travail ?

— L'aînée s'est installée à Paris, et elle travaille au ministère de l'Éducation nationale.

— Vous comptez également la convoquer ?

— Non chef, pour l'instant nous allons entendre le témoignage de la cadette, et réentendre le mari. J'ai l'impression qu'il nous cache des choses, répondit Jean-Marc Balagot.

— Quel âge a ce Monsieur ? interrogea le commissaire.

— Il a soixante-et-un ans.

— Est-ce qu'il a une maîtresse qui aurait pu en vouloir à son épouse au point de commanditer un meurtre ? demanda le commissaire.

— Nous comptons lui poser la question.

— Quand viendra-t-il au commissariat ?

— Nous allons le convoquer ce mercredi.

— Et sa fille ?

— Elle vient mardi à onze heures.

— Il serait peut-être temps d'aller fouiller leur maison à la recherche d'indices, en retournant s'il faut la terre dans le jardin pour savoir s'il ne l'a pas tuée sur place et enterré le corps, suggéra le commissaire Picart.

— Chef, je pense qu'il est encore trop tôt pour demander un mandat au juge pour une perquisition, car cela ne fait que trois semaines qu'elle a disparu. Il y a certes abandon du domicile conjugal, mais c'est une personne majeure, et elle peut très bien réapparaître du jour au lendemain, répondit Balagot.

— Bon ! Continuez votre enquête. Au fait, ça donne quoi l'enquête concernant la femme africaine que la juge des enfants vous a recommandé de retrouver ?

— Nous venons de l'identifier, et nous venons également de la localiser.

— Comment s'appelle-t-elle ? Et où vit-elle ?

— Elle s'appelle Micheline Kakoulouna, et elle vit à Thionville depuis dix ans.

— Et quel est son âge ? interrogea le commissaire.

— Elle a cinquante-deux ans et elle habite chemin de la Pomperie, en face du lycée de la Briquerie, au deuxième étage d'un immeuble de couleur rose pâle.

— Allez-vous la convoquer ?

— C'est déjà fait, la convocation est partie avant-hier. Je la soupçonne d'être mêlée à un trafic de mineurs clandestins africains originaires de la République Démocratique du Congo.

— C'est ce que le tribunal cherche à savoir ?

— Oui chef, répondit Balagot.

— Et à propos de l'homme qui a emmené cette jeune fille jusqu'à Thionville, et qui ensuite l'a abandonnée à la gare ?

— Nous ne savons pas où il se trouve. Il a disparu dans la nature. Je ne pense pas qu'il soit retourné dans son pays. À mon avis, il est toujours en France. J'ai besoin du témoignage de la dame congolaise qui les a logés chez elle pour en savoir un peu plus sur cet homme.

— Si elle est de mèche avec lui, je ne crois pas qu'elle vous dira grand-chose à son propos pour que vous le retrouviez et l'arrêtiez. Elle ne prendrait pas ce risque à mon avis, dit le commissaire Picart.

— D'après ce que nous a dit la jeune fille mineure congolaise, le Monsieur qui l'a emmenée en France et qui se nomme Félix Lokito serait en couple avec la femme qui les a hébergés rue de la Pompérie, et que nous venions de convoquer.

— Raison de plus pour qu'elle ne vous dise pas grand-chose concernant cet homme. Bon ! Ça ne nous intéresse pas beaucoup qu'ils baisent ou pas ensemble. Ce qu'on veut c'est des témoignages, des preuves tangibles afin de savoir s'ils sont directement impliqués dans un trafic de jeunes mineurs migrants originaires de la République Démocratique du Congo, dit le commissaire Picart.

— Chef, la fille qui vient d'être reconnue mineure et que la juge a placée dans un foyer à Metz, est une preuve.

— Oui Jean-Marc, mais ce n'est pas le seul cas. Il nous faut plusieurs cas de ce genre. Par exemple, s'il s'avère que les trois jeunes filles mineures originaires de la République Démocratique du Congo, qui sont arrivées récemment à Thionville, et qui sont venues se présenter au commissariat pour demander de l'aide, après avoir été abandonnées à la gare, ont toutes les trois été emmenées en France par la même personne, et logées chez la même femme, dans la rue ou chemin de la Pomperie, là, nous avons une preuve en béton, et nous pouvons les inculper tous les deux, l'homme et la femme pour trafic clandestin de jeunes filles mineures, argumenta le commissaire Picart.

— Nous allons approfondir l'enquête dans ce sens, conclut le capitaine Balagot avant de quitter le bureau pour aller retrouver son collègue Mariotti.

Micheline Kakoulouna avait l'âge d'être grand-mère, mais malheureusement elle n'avait pas eu d'enfant. Elle arriva au commissariat de Thionville avec vingt minutes de retard. Le lieutenant Mariotti vint la chercher à l'accueil. C'était une femme assez forte, vêtue d'une tenue cousue en Wax, avec un gros manteau qui lui arrivait jusqu'aux pieds. Aucune ride n'apparaissait sur son visage très foncé. Elle avait de la prestance dans sa démarche, et demeurait une femme très coquette. On aurait dit qu'elle n'avait jamais effectué de travaux manuels en Afrique ni fait de petits boulots en France, qui vous cassent le dos et vous vieillissent avant l'âge. Micheline Kakoulouna s'exprimait si bien dans la langue de Molière qu'on n'avait pas besoin d'interprète en Lingala. Jean-Marc Balagot lui proposa un café, qu'elle accepta volontiers tout en s'asseyant.

— Madame Kakoulouna, nous vous remercions d'avoir répondu à notre convocation, dit le capitaine Balagot.

— Monsieur, si je n'ai rien à me reprocher, je ne vois pas pourquoi je ne répondrais pas présente à une convocation de la police.

— Vous n'habitez pas très loin d'ici ?

— Non, je suis même venue à pied.

— Madame, je vais aller droit au but. Est-ce que vous connaissez une jeune femme qui a vingt-quatre ans, qui s'appelle Isabella Gomez, de nationalité angolaise, et qui est récemment arrivée ici à Thionville ? demanda Jean-Marc Balagot.

— Non, je ne connais pas cette personne, et je n'ai pas d'amies originaires d'Angola dans mon entourage. J'ai des camarades qui viennent d'autres pays d'Afrique, comme le Cameroun, le Gabon, le Bénin, le Congo-Brazzaville, mais pas d'Angola.

— Vous-même, vous êtes originaire de la République Démocratique du Congo ?

— Oui Monsieur.

— Et vous êtes bien née à Kinshasa ?

— Non, je suis née à Kisangani, dans la troisième ville du pays, répondit Madame Kakoulouna.

— Depuis combien de temps habitez-vous à Thionville ?

— Cela fait dix ans.

— Et vous êtes en Europe depuis environ combien d'années ?

— Cette année, je totaliserai vingt ans de vie en Europe.

— Vous avez, je suppose, la nationalité française ?

— Oui, je suis Française.

— Est-ce que vous retournez de temps en temps dans votre pays d'origine ?

— J'y retourne au moins une fois tous les cinq ans.

— Vous avez encore de la famille là-bas ?

— Bien sûr, mes deux parents sont encore en vie, et il y a aussi mes frères et sœurs.

— Madame Kakoulouna, est-ce que vous connaissez une jeune fille qui s'appelle Lisa Mayombé, originaire de votre pays, la RDC, et qui est arrivée récemment ici à Thionville ? demanda le capitaine Balagot.

— Oui, ce nom me dit quelque chose, et je crois que c'est la fille que j'ai hébergée chez moi, et qui était accompagnée d'un Monsieur que je connais bien. Disons, c'est la personne qui l'a emmenée ici en France, mais ils ne sont pas restés longtemps chez moi.

— Donc, vous la connaissez ?

— Oui, c'est ce que je viens de vous dire. Cette fille a dormi chez moi pendant deux jours, mais j'ignore où elle se trouve aujourd'hui, répondit Micheline Kakoulouna.

— Elle vient d'être placée par la juge des enfants dans un foyer à Metz. Un foyer qui accueille des jeunes migrants étrangers isolés.

— Ah ! Mais tant mieux pour elle, parce que je les ai mis à la porte tous les deux. Je veux dire que j'ai chassé de chez moi l'homme avec qui elle est venue en France, et elle est partie avec lui. Je ne connaissais pas cette jeune fille, et je ne sais plus trop bien pour quelles raisons il l'a emmenée en France, expliqua Micheline Kakoulouna.

— Vous dites ne pas savoir pourquoi cet homme est venu avec cette mineure en France, alors que vous les avez logés durant deux jours chez vous ? interrogea Balagot.

— Il m'avait dit deux choses concernant cette jeune fille, mais je ne m'en souviens plus bien.

— Mais vous connaissez très bien Félix Lokito ?

— Oui, lui, je le connais très bien.

— Il est juste un ami ou il y a quelque chose d'autre entre vous deux ?

— Je vous avoue qu'on était intime tous les deux, mais maintenant c'est terminé. Notre relation est finie, dit Micheline Kakoulouna.

— Il était votre amant, c'est ça ?

— Oui.

— Vous pouvez nous dire combien de temps a duré votre relation ?

— Notre relation a duré quatre ans.

— Madame Kakoulouna, combien de jeunes filles mineures, originaires de la RDC, Monsieur Félix Lokito vous a-t-il amenées ou présentées ici à Thionville ? Nous pensons qu'il est un passeur de clandestins. Il amène de jeunes mineurs en France, a priori moyennant finances, et il les abandonne par la suite devant une gare, en leur disant d'aller se présenter au poste de police ou dans un commissariat si vous voulez, de raconter leur vie aux policiers, comme quoi elles sont mineures, elles ont fui la guerre civile ou la famine dans leur pays, voire les deux à la fois, et ont besoin de l'aide des services sociaux pour qu'on les prenne en charge. Car en l'espace de trois mois, nous avons enregistré dans notre commissariat les doléances de trois jeunes filles mineures originaires de

République Démocratique du Congo, qui ont été abandonnées à la gare de Thionville par un homme d'une quarantaine d'années, de nationalité congolaise. Nous soupçonnons quelque chose de bizarre. Il y a forcément un trafic d'êtres humains derrière. Une escroquerie vis-à-vis de nos services sociaux. La juge des enfants et le procureur de la République sont du même avis que nous, voilà pourquoi il nous a été demandé d'ouvrir une enquête et de mettre la main sur ce ou ces passeurs congolais. Nous pensons qu'un réseau de trafiquants d'immigrés s'est constitué à Thionville, expliqua Jean-Marc Balagot.

— Monsieur, je ne sais pas quoi vous dire, parce que moi je ne sais pas actuellement où se trouve Félix Lokito, nous ne sommes plus ensemble, dit Micheline Kakoulouna.

— Madame, vous n'avez pas compris ma question. Combien de jeunes filles mineures originaires de la République Démocratique du Congo Félix Lokito a-t-il amenées ici à Thionville et logées chez vous avant de les abandonner à la gare ?

— Il a emmené deux jeunes filles chez moi.

— Et par la suite, il leur a conseillé d'aller demander de l'aide à la police ?

— Ça Monsieur, moi je n'en sais rien. Il m'a toujours dit que ces filles étaient des danseuses.

— Des danseuses de quoi ?

— Il est manager de deux ou trois orchestres à Kinshasa, et ces jeunes filles dansaient dans ces orchestres.

— Il est donc producteur de musique en RDC ?

— Oui, c'est ça, il a toujours évolué dans le milieu de la musique et du spectacle, encadrant des jeunes musiciens, recrutant de jeunes danseuses, et préparant leurs tournées en Afrique et en Europe.

— Comment vous êtes-vous connus ?

— Nous nous sommes rencontrés lors d'un concert à Bruxelles.

— Quand il amène un orchestre en France ou en Belgique pour une tournée, est-ce que les jeunes danseuses qui accompagnent ces orchestres rentrent au pays une fois la tournée terminée ?

— Non, à mon avis toutes ne retournent pas en RDC, même certains musiciens ne rentrent plus au Congo. Ils profitent de l'occasion pour rester en Europe et demander l'asile politique, même si certains n'ont jamais été engagés politiquement dans leur vie. Mais ça, tout le monde le sait. Je veux dire les autorités françaises et belges, dit Madame Kakoulouna.

— Mais nous ici, à Thionville, on ne le savait pas, dit Jean-Marc Balagot.

— Monsieur, il y a beaucoup de misère en République Démocratique du Congo. Il n'y a pas de débouchés pour les jeunes, et il y a de la corruption partout, voilà pourquoi les gens veulent venir en Europe à n'importe quel moyen.

— Quel âge a exactement votre ex-compagnon ?

— Vous voulez dire Félix Lokito ?

— Oui, c'est ça.

— Quarante-neuf ans.

— Est-ce que vous avez son numéro de téléphone ?

— Oui, j'ai encore son numéro de portable.

— Pouvez-nous le donner ?

— Oui.

— On peut savoir pourquoi vous avez rompu avec Monsieur Félix Lokito ?

— C'est moi qui ai pris la décision de rompre, car il me devait de l'argent et il ne voulait pas me rembourser, dit Micheline Kakoulouna.

— Lisa Mayombé nous a confirmé que vous vous êtes beaucoup disputés avec Félix Lokito durant les deux jours où ils ont dormi chez vous...

— C'est vrai, mais c'est à cause de l'argent que je lui avais prêté que nous nous sommes disputés. Je lui avais prêté deux mille euros la première année où nous nous sommes connus, où je suis tombée amoureuse de lui, mais jusqu'à aujourd'hui, il ne m'a toujours pas remboursée. Il me promet de me donner mon argent à chaque fois qu'il vient me voir, mais il ne me donne rien. Il ne fait que me mentir.

— Vous vous disputez souvent ?

— Oui, on s'est toujours chamaillés dès le début de notre relation, car c'est un homme d'une jalousie maladive, alors que je ne n'étais que sa maîtresse.

— Il est marié ?

— Oui, il est marié, il a une femme et quatre enfants à Kinshasa.

— Lisa Mayombé nous a aussi dit que vous vous êtes bagarrés ?

— Oui, d'ailleurs, c'est à cause de la bagarre très tôt le matin que je lui ai ordonné de quitter mon appartement et emmener la fille avec lui. Je lui ai signalé que c'était fini entre nous, et tant pis s'il ne me rembourse pas mes deux mille euros. Je ne veux plus qu'il mette ses sales pieds chez moi ou qu'il m'appelle au téléphone.

— Pourquoi n'avez-vous pas porté plainte à la police afin de l'obliger à vous rembourser ?

— Monsieur, j'étais très amoureuse de lui, et je ne voulais pas venir le dénoncer à la police. Si j'étais venue porter plainte, vous nous auriez convoqués tous les deux, et ça, je n'en voulais pas, répondit Madame Kakoulouna, avant d'ajouter : le linge sale se lave en famille.

— Lorsque Monsieur Félix Lokito vient en France, chez qui vit-il ?

— Il loge chez son frère ou vient directement chez moi. Il n'a jamais eu d'appartement en France. Sa véritable adresse se trouve à Kinshasa, en RDC où il possède une maison et des magasins. C'est quelqu'un qui a toujours eu des problèmes d'argent bien qu'il soit un homme d'affaires.

Il ne paye pas ses dettes, et il aime vivre au-dessus de ses moyens. Il m'a beaucoup impressionnée au début quand je l'ai connu. Je regrette un peu d'être tombée facilement amoureuse de lui. J'ai été emballée, car c'est un beau-parleur, mais j'ai découvert après coup qu'il était un homme à femmes et jaloux. Je pense qu'il a d'autres maîtresses en France. Je peux vous donner l'adresse de son petit frère qui vit en région parisienne ou celle d'un de ses cousins où il habite parfois lorsqu'il vient en France.

— Quand il venait vous voir ici à Thionville, que faisait-il de ses journées ?

— Rien. Il passait son temps à téléphoner à gauche et à droite ou à regarder la télévision, en attendant la date du concert pour aller retrouver ses musiciens.

— Et vous Madame, quels sont vos revenus ? De quoi vivez-vous ?

— J'ai un salaire, je travaille.

— Où travaillez-vous ?

— Je travaille dans une crèche à Luxembourg.

— Vous n'avez jamais été mariée ?

— Si, je me suis mariée une fois et j'ai divorcé. C'est mon ex-mari qui m'a amenée en Europe, en Belgique plus précisément. Après notre séparation, j'ai quitté Bruxelles pour venir m'installer ici à Thionville, car j'avais trouvé du travail à Luxembourg.

— Avez-vous résidé au Luxembourg ?

— Non, les loyers sont trop chers là-bas, j'ai préféré vivre en France et faire la navette tous les jours pour aller au travail.

— Vous prenez la voiture ou le train ?

— J'ai une voiture, mais je préfère me déplacer en train ou en bus, c'est beaucoup plus économique.

Les deux policiers remercièrent Madame Micheline Kakoulouna pour sa collaboration, et tous les renseignements apportés à la police. Ils pensaient déjà téléphoner à Félix Lokito pour lui demander de venir se présenter au commissariat, et s'il ne répondait pas au téléphone, c'est une convocation avec accusé de réception qui lui serait envoyée à l'adresse de son frère ou de son cousin, afin qu'il vienne répondre aux questions des policiers.

Jean-Marc Balagot et son collègue Arnaud Mariotti avaient l'habitude de fréquenter le bar « La Moselle », situé place Anne Grommerch, pour y boire un verre. Ce jour-là. Balagot était venu seul. Il avait rendez-vous avec une journaliste du Républicain Lorrain, du service police-justice, qui venait d'écrire trois articles sur la disparition de Madame Papin. Elle fréquentait des policiers pour avoir des informations afin d'alimenter ses articles, et Jean-Marc Balagot était l'une de ses principales sources au commissariat de Thionville. La journaliste portait une belle robe vert olive boutonnée, et était bien maquillée. Ses cheveux noirs lui tombaient sur les épaules. Sa poitrine était généreuse, et des Ivoiriens auraient dit qu'elle était « versée ». Son joli visage et ses yeux de jais ne laissaient pas insensible le capitaine Balagot. Il avait le béguin pour elle et rêvait depuis un certain temps de la mettre dans son lit. La journaliste d'une trentaine d'années, qui était très belle, et qui se prénommait Sandrine, continuait à repousser ses avances.

— Bonjour Sandrine, comment vas-tu ?

— Salut Jean-Marc, je vais bien. T'es seul aujourd'hui ?

— Oui, Arnaud a un rendez-vous important.

— Tu lui passeras le bonjour de ma part.

— À qui ?

— Mais à ton collègue Arnaud. Je le trouve très gentil.

— Et moi, je ne suis pas sympa ?

— Si, je n'ai pas dit le contraire. Mais toi, maintenant quand on se voit, tu as toujours une autre idée derrière la tête.

— Parce que je te drague, c'est ça ?

— Oui, tu me fais des avances. Tu sais que je suis mariée ?

— Je le sais, mais tu me plais.

— Jean-Marc, imagine un peu que j'aie une relation extraconjugale avec toi, que je tombe follement amoureuse, ça va se terminer comment ? Je vais devoir quitter mon mari et demander le divorce !

— Nous n'en sommes pas encore là pour l'instant.

— Mais moi je pense à toutes les hypothèses. Si pour toi, c'est juste une histoire de baise, je ne suis pas ce genre de femmes. Et pourquoi tu ne fais pas les yeux doux à une des policières du commissariat ?

— Je n'aime pas mélanger le sexe et le travail, dit Jean-Marc Balagot.

— Et avec moi alors, tu ne cherches peut-être pas à mélanger le travail et le sexe ? dit-elle en commandant un jus d'orange, tandis que Jean-Marc commandait un Picon-bière.

— Toi tu ne fais pas le même métier que mes collègues femmes du commissariat. Et je ne te côtoie pas tous les jours.

— Que faisons-nous en ce moment ? interrogea Sandrine.

— Tu es venue chercher des informations pour ton article sur la disparition de Marie-Jeanne Papin.

— Donc, c'est professionnel, nous sommes en train de travailler, toi et moi.

— Sandrine, comprends-moi, je te trouve très jolie.

— C'est la raison pour laquelle tu m'as envoyé un bouquet de fleurs à mon bureau, et téléphoné pour m'inviter au restaurant ?

— Tu n'as toujours pas répondu à mon invitation.

— Je t'ai dit que nous irons au restaurant quand j'aurai du temps.

— Je peux donc espérer ?

— Tu peux espérer un restaurant, mais moi je suis une femme mariée, et je n'ai pas très envie de tromper mon mari.

— Moi aussi j'étais marié, et il m'est arrivé une fois de tromper ma femme.

— C'est la raison pour laquelle vous avez divorcé ?

— C'est plus compliqué à expliquer, et ce n'est pas l'unique raison.

— Pourquoi tu ne renoues pas avec elle ? Tu m'as dit qu'elle est toujours célibataire depuis votre divorce.

— Nous ne sommes pas là pour parler de mon ex-femme.

— Tu as raison, parlons de cette affaire de disparition étrange de Madame Papin, car à la rédaction on veut que j'écrive un nouveau papier là-dessus. Tu sais que beaucoup d'habitants de Thionville commencent sérieusement à se demander ce qui est arrivé à cette femme. Il faut peut-être penser à envoyer des plongeurs dans la Moselle pour rechercher son corps. On peut imaginer qu'elle s'est suicidée en se jetant dans la Moselle ou dans une gravière. Et pourquoi ne lancez-vous pas un appel aux gens pour organiser une battue citoyenne dans la forêt aux alentours de Thionville, avec des gendarmes mobiles et un chien renifleur spécialisé dans la détection des cadavres ? Il faut passer les environs de Thionville au peigne fin. Il faut penser à toutes les hypothèses, et on ne doit pas écarter la piste de l'homicide, dit la journaliste.

— Qui a peur à Thionville ? demanda Jean-Marc Balagot.

— Toute la population de Thionville ne vit pas dans la psychose à cause de cette disparition, mais certaines personnes veulent savoir ce qui est réellement arrivé à Madame Papin. Il y a peut-être un tueur en série qui rôde à Thionville.

— Sandrine, il ne faudrait pas qu'on tombe dans un climat anxiogène. Pour l'instant, il ne s'agit que d'une simple disparition, et non pas de plusieurs meurtres. Les gens doivent arrêter de se faire des films. L'enquête avance, les experts en scène de crime de Nancy ont passé toutes les pièces de leur maison au luminol, y compris le sous-sol pour voir s'il y a eu des traces de luttes ou de sang, mais ils n'ont rien trouvé. Et je ne peux pas tout te dévoiler de notre travail sur cette affaire. Je ne peux pas par exemple te dire qui nous filochons actuellement, ou qui nous avons mis sur écoute, même si nous pensons pour le moment que notre suspect numéro un reste son époux. On dit toujours que l'une des premières choses à faire dans une affaire de disparition, c'est de s'intéresser au mari.

— Mais Jean-Marc, mon journal doit rassurer la population sur l'avancée de l'enquête.

— Je comprends, mais à ce stade de l'enquête, on ne doit pas trop en dire, sinon, si elle a déjà été assassinée, l'assassin risque de changer ses plans et ses habitudes pour éviter d'être coincé par la police. Ton journal ne doit pas se comporter comme à l'époque de l'affaire Grégory, où toute la presse a cherché à aller plus vite que les enquêteurs de la gendarmerie et ceux de la police, en écrivant tout et n'importe quoi, en lançant des scoops, en brouillant des pistes jusqu'à saboter l'enquête, si bien qu'aujourd'hui, trente-quatre ans après les faits, on ne sait toujours pas qui a tué le petit Grégory.

— Attends Jean-Marc, dans l'affaire irrésolue du meurtre du petit Grégory Villemin, il n'y a pas que la presse qui a déconné avec des révélations scabreuses. Les magistrats, les avocats et les enquêteurs ont aussi eu leur part de responsabilité. C'étaient eux qui filaient les infos aux journalistes.

— C'est parce que tout le monde a été pris dans une tempête médiatique. Il y avait tous les jours une armada de journalistes qui suivait soit les enquêteurs soit le juge. On n'était plus dans l'administration de la justice, mais dans un spectacle, avec des journaleux qui écrivaient tout et n'importe quoi. La presse doit chercher la vraie information, au lieu de spéculer. La police, tout comme la justice, doit travailler dans la sérénité. Elle ne doit jamais être polluée par les idées des autres, ou des fake news, au risque de commettre des fautes irréparables. Tu sais ce qu'a écrit Jean d'Ormesson ?

— Je ne sais pas, je ne l'ai jamais lu.

— Mais tu devrais, car c'est un grand écrivain, et il est membre de l'Académie française.

— Qu'est-ce qu'il a écrit ?

— Il a écrit : « Le journalisme c'est le temps qui coule, c'est-à-dire qui va très vite, et la littérature c'est le temps qui dure, c'est-à-dire qui va lentement ».

— Je comprends, mais ici, il ne s'agit pas de littérature. Il s'agit de la disparition d'une femme de cinquante-sept ans dont toute la famille n'a plus aucune nouvelle depuis trois semaines, et qui s'inquiète. Ils ont besoin d'être rassurés. Son mari, ses enfants et ses petits-enfants, ainsi que ses amies. Ils veulent tous savoir pourquoi elle a disparu, ce qui lui est arrivé. Elle est peut-être morte à l'heure où nous parlons. Et excuse-moi de te le dire, l'enquête de la police pourrait aller plus vite.

— Sandrine, si c'est pour mettre des proches de la famille Papin en garde à vue, je ne suis pas d'accord. L'enquête doit suivre son cours normal. Et pour pouvoir inculper quelqu'un de meurtre, il faut des preuves fiables, et non de simples soupçons. Elle s'est peut-être noyée dans une autre rivière que la Moselle, ou bien elle est tombée d'une falaise, voire a fugué, on n'en sait pour l'instant absolument rien.

— Il faut que j'écrive un papier cette semaine concernant la disparition de Marie-Jeanne Papin.

— Sandrine, écoute-moi, tu n'écris rien pour le moment. Quand j'aurai du nouveau, je te ferai signe. En attendant, tu écris sur d'autres sujets.

— Quoi par exemple ?

— Mais c'est toi la journaliste, pas moi ! Il y a bientôt le marché de Noël de Thionville et la fête de la Saint-Nicolas, tu peux très bien écrire un papier là-dessus.

— Jean-Marc, tu sais très bien que je suis spécialisée sur les questions de police et justice au sein du journal, et tu veux que je me mette à arpenter les rues et les places publiques de Thionville pour décrire les chalets et les manèges qu'on est en train d'installer dans le centre-ville, et interviewer tous ceux qui vont aller boire du vin chaud ou manger des marrons !

— Je sais que tu es spécialisée sur les questions de police-justice, mais tu es avant tout une journaliste, et quand on est journaliste professionnelle, on peut tout à fait être amenée à écrire sur tous les sujets, même les plus banals d'actualité comme la fête foraine, la fête de la Saint-Nicolas ou bien le marché de Noël.

— Non, ma rédaction sait que je travaille actuellement sur cette affaire de disparition de Madame Papin. Elle trouvera bien une échotière au sein du journal pour écrire un ou plusieurs articles concernant le marché de Noël à Thionville ou la fête de la Saint-Nicolas.

— Je peux te donner un scoop ?

— Lequel ?

— J'enquête actuellement sur un trafic d'êtres humains. Il s'agit de jeunes migrants clandestins originaires de la République Démocratique du Congo, en Afrique centrale.

— Ah bon ! Tu veux dire que ça se passe ici à Thionville ? D'habitude, c'est dans les grandes villes comme Paris, Lyon, Nice, Marseille, Nantes, Nancy, Lille et Strasbourg, voire à Calais qu'on découvre ce genre de chose, dit la journaliste.

— Maintenant c'est arrivé ici à Thionville.

— Et ça dure depuis quand ?

— Trois mois.

— Si je comprends bien, tu travailles sur deux affaires à la fois ? interrogea la journaliste.

— Il m'arrive de travailler sur quatre affaires à la fois. J'ai une équipe avec moi. Qu'est-ce que tu crois ? C'est du sérieux.

— Tu veux que j'en parle dès demain dans le journal ou que j'attende d'abord que vous ayez démantelé le réseau de trafiquants de clandestins ?

— Non, tu peux dès à présent écrire ton article.

— Ces passeurs de jeunes mineurs clandestins sont aussi originaires de la République Démocratique du Congo ?

— Oui.

— Jean-Marc, pourquoi tu tiens à ce que j'en parle maintenant dans le journal alors que l'enquête est seulement en cours ? Tu ne vois pas que cela peut alerter les passeurs et faire foirer ton enquête ? Le réseau n'est pas encore démantelé ?

— C'est parce qu'on a remarqué que les Africains ne lisent pas beaucoup les journaux, ni même les bouquins. Ils ont plutôt une culture orale. Ils ne vont donc pas se rendre compte que nous enquêtons sur eux, sur leur trafic de passeurs de migrants.

— Ok ! Je te dirai quand j'écrirai l'article pour que tu puisses me fournir tous les éléments de l'enquête.

-Et pour mon invitation au restaurant ? demanda Jean-Marc Balagot.

— Je te dirai quand j'aurai le temps.

Virginie Papin-Diétrich avait gardé son nom de jeune fille en se mariant. Elle aimait bien revenir à Thionville pour retrouver les lieux de son enfance, voir ses parents ou ses copines de jeunesse. Elle adorait se balader au parc Napoléon et au parc Wilson, situés tous deux au bord de la Moselle. Aux dires du Syndicat d'initiative, le parc Napoléon était le plus grand parc de Thionville, un poumon vert de près de quatre hectares, à deux pas du centre-ville. Apprécié pour ses espaces ombragés, ses grandes bandes de gazon de détente et son aire de jeux pour enfants, il offrait un jardin de terre de bruyère, un jardin floral jumelé à des parterres de mosaïculture, une roseraie et sa fontaine.

Depuis le parc Napoléon, en empruntant les berges aménagées de la Moselle, on pouvait rejoindre la quiétude du Parc Wilson, à deux pas de la place de la République. Un lieu hors du temps avec son kiosque à musique qui recevait de bien agréables animations estivales.

Virginie aimait flâner dans les rues et avenues de Thionville, surtout les ruelles commerçantes : la rue Jemmapes, la rue du Four Banal, la rue Brûlée, la rue de Paris, la rue de Deux places et la rue de Luxembourg... Sans oublier la place Anne Grommerch, la place au Bois et la grande place de la Liberté pour retrouver les sensations d'autrefois. Les sensations de sa jeunesse. Elle aimait traverser le pont des Alliés, comme du temps où, étudiante, elle allait prendre le train express régional tous les matins pour se rendre à Metz, et suivre les cours à l'université Paul Verlaine.

C'est depuis le pont des Alliés que le regard embrassait le mieux le cœur historique de Thionville. De gauche à droite, se dressaient l'église Saint-Maximin, le clocher du Beffroi, l'hôtel de ville et son élégant déroulé d'arcades, la cour du château et la tour aux Puces. Bâtiments emblématiques édifiés du XI au XVIII siècle, ils témoignaient de plus de sept siècles d'histoire.

Ce jour-là, Virginie Papin, vingt-neuf ans et mère d'un petit garçon, n'avait pas le cœur à se promener, ni à flâner dans sa ville natale, ni à rendre visite à ses anciennes camarades. Elle était attendue au commissariat. La disparition de sa mère commençait sérieusement à l'inquiéter. Elle avait peur que l'irréparable ne se fût produit, qu'on retrouve le cadavre de sa maman quelque part dans la forêt ou dans la Moselle. Sa sœur aînée qui était déjà venue soutenir leur père, avait prévu de descendre sur Thionville, et de participer aux recherches.

Jean-Marc Balagot reçut Virginie Papin-Diétrich dans son bureau. La jeune femme au regard clair et aux cheveux bouclés était simplement habillée d'un pantalon en jean slim, d'une petite veste et d'un manteau, car le froid d'hiver commençait à se faire sentir de plus en plus dans la région Grand-Est.

— Bonjour Madame.

— Bonjour commissaire.

— Attendez, je ne suis pas encore commissaire, sourit le capitaine Jean-Marc Balagot.

— Moi je ne connais pas vos grades dans la police, répondit-elle.

— Ce n'est pas grave, prenez place. Il la regarda brièvement. Dites-moi : quand avez-vous appris la disparition de votre mère ?

— Le cinquième jour.

— Qui vous en a informée ?

— Mon père, naturellement. Il a d'abord téléphoné à ma sœur aînée qui réside à Paris, et m'a ensuite appelée, car il commençait à s'inquiéter sérieusement. On a essayé de joindre les hôpitaux et les pompiers pour savoir s'il y avait eu un accident. S'ils avaient des nouvelles d'une femme de l'âge de ma mère.

— Pourquoi ne vous a-t-il pas informée tout de suite ? Je veux dire dès le premier jour de sa disparition.

— Il n'était pas trop inquiet au début parce que ma mère lui avait déjà fait le coup l'année dernièrc. Elle était partie trois jours sans donner de nouvelles, dit Virginie Papin-Diétrich.

— Ni à vous ni à votre sœur aînée ?

— Non, à personne, ni à ses frères, mes oncles.

— Ni à ses amies ? Elle doit forcément avoir quelques amies ici à Thionville.

— Oui, bien sûr qu'elle a des camarades qui vivent en ville, elle a même deux copines qui habitent à côté de leur maison.

— Votre père a attendu presque une semaine avant de venir nous voir et donner l'alerte...

— Pour lui, comme elle lui avait fait le coup l'an dernier, il pensait que ma mère allait vite rentrer à la maison, répéta Virginie Papin-Diétrich.

— Votre mère a-t-elle des problèmes de santé ?

— Non, pas à ma connaissance. Elle a quelques bobos de temps en temps vu son âge, mais de graves soucis de santé, je ne pense pas.

— Elle a peut-être un cancer et elle n'ose pas vous l'avouer.

— Si c'était le cas, notre père nous en aurait informés, car ils sont suivis tous les deux par le même médecin, dit Virginie Papin-Diétrich.

— Un médecin de Thionville ?

— Oui, le docteur Coignard.

— Combien d'enfants avez-vous ?

— Moi je n'ai qu'un enfant. J'ai accouché d'un petit garçon il y a deux ans, par contre ma sœur a deux petites filles.

— Ce sont des jumelles ?

— Non, elles ont trois ans de différence, répondit Virginie Papin-Diétrich.

-Quand votre mère a disparu l'année dernière, où était-elle partie ?

— Elle était allée à Prague, en République Tchèque.

— Seule ou accompagnée ?

— D'après mon père, elle était partie avec un amant, mais ma mère a toujours nié. Elle m'a juré être partie seule à Prague, car elle voulait faire enrager mon père, excusez mon langage. Ils s'étaient fâchés, et ma mère avait décidé de prendre l'air et de l'oublier quelques jours en allant seule dans une virée à Prague.

— Vous avez cru à sa version ou bien vous tenez à protéger votre mère ?

— Je vous dis ce qu'elle m'a dit. Elle avait loué une chambre dans un grand hôtel de Prague pour un week-end, elle a visité la ville et ses musées, puis a fait les magasins pour s'acheter des vêtements. Ma mère adore le shopping. Je ne peux pas vous dire autre chose ou inventer quoi que ce soit pour chercher à protéger ma mère. Je suis disposée à vous aider à la retrouver, car je suis très inquiète, mais je ne peux pas me permettre d'inventer n'importe quoi. Toute notre famille panique à l'idée de la retrouver morte. Nous vivons chaque jour dans l'attente et l'angoisse depuis sa disparition. Je me fais beaucoup de soucis. Mon mari me soutient tant qu'il le peut, mais il y a des jours où je craque. Lorsque mon téléphone se met à sonner, j'hésite parfois à décrocher, j'ai peur qu'on m'annonce une mauvaise nouvelle. Je veux dire par là l'irréparable. Personne ne sait aujourd'hui où se trouve notre mère. Et cela dure depuis maintenant trois semaines. C'est beaucoup trois semaines sans nouvelles, sans savoir où est votre mère. Son téléphone ne sonne pas pour nous permettre de la localiser, et son compte bancaire ne montre aucun mouvement non plus. Il y a de quoi se faire du mouron, c'est une histoire à devenir folle.

— Madame, nous continuons notre enquête. Nous nous sommes rendus à deux reprises au domicile de vos parents pour interroger votre père et jeter un œil dans toute la maison. Nous avons également interrogé le voisinage, et vos deux oncles. Votre père nous a affirmé qu'ils étaient en instance de divorce, que leur couple battait de l'aile depuis un moment, que votre mère ne le supportait plus, et d'après ses dires votre maman a un amant, c'est en compagnie de celui-ci qu'elle aurait passé un séjour à Prague l'année dernière. Cet amant serait un Français qui habite et travaille au Luxembourg, dans le milieu de la finance.

— J'avoue que l'histoire selon laquelle ma mère a un amant, je l'ai déjà entendue de la bouche de mon père, mais j'ai toujours mis ça dans le cadre d'une plaisanterie. Mon père est quelqu'un de jovial qui aime plaisanter.

— Mais il ne s'agit plus de plaisanteries Madame. Nous croyons à ce que votre père nous a dit pour les besoins de l'enquête. Il est peut-être arrivé quelque chose de grave à votre mère à l'heure où nous parlons. Il n'est pas normal que quelqu'un disparaisse comme ça pendant trois semaines sans donner aucun signe de vie. Étiez-vous au courant en ce qui concerne leur divorce ?

— Là aussi, j'avoue que je l'ai pris comme une plaisanterie, car depuis quelques années mes parents nous racontent qu'ils vont divorcer, et finalement, ils sont toujours ensemble. C'est comme ça à mon avis que fonctionnent les vieux couples. Ils se disputent, parlent de divorce, et finissent à la fin par se réconcilier. Mes parents aiment jouer à ce petit jeu.

— Aujourd'hui, je peux vous dire qu'il ne s'agit plus d'un petit jeu. Vos parents pensent sérieusement à divorcer. Votre père nous l'a confié. Et cette décision de se séparer vient de votre mère. Elle a contacté un avocat de Thionville,

Maître André Weber. Je peux vous donner son adresse et son téléphone si vous voulez.

— Oui, je veux bien.

— Vous avez expliqué au téléphone à mon collègue que vous avez toujours été en bons termes avec vos parents.

— Oui, nous avons ma sœur et moi de très bons rapports avec nos parents, même si notre mère, contrairement à notre père, a été un peu sévère en ce qui concerne notre éducation.

— Vous avez également déclaré que ce sont vos parents qui vous ont aidé financièrement à monter votre commerce à Strasbourg ?

— Oui, c'est exact, ils m'ont soutenue en me donnant une partie de la somme nécessaire pour ouvrir ma boutique de vêtements.

— Et l'autre partie ?

— J'ai fait un prêt à ma banque.

— Depuis combien de temps êtes-vous installée en Alsace ?

— Cinq ans. J'ai rencontré mon mari Léonard ici, à Thionville, et nous sommes allés nous installer là-bas, vu qu'il est Alsacien d'origine.

— Dites-moi, votre père a-t-il des poussées de violence ? Il lui arrive souvent de s'énerver et de se battre physiquement avec quelqu'un ?

— Non, je n'ai jamais vu ni entendu mon père se bagarrer.

— Est-ce qu'il battait votre mère ?

— Non ! répondit vivement Virginie Papin-Diétrich.

— Vous a-t-il déjà frappée quand vous étiez jeune ?

— Mais non ! Il m'a collé une baffe ou deux lorsque j'étais gamine, ainsi qu'à ma sœur aînée, mais il ne nous a jamais frappées violemment. Mon père n'est pas quelqu'un de violent, au contraire. Il a toujours été un papa poule pour moi et ma sœur.

— Vous ne le voyez pas capable de tuer votre mère et de faire disparaître son corps ?

— Je le crois incapable d'une chose pareille, répondit Virginie Papin-Diétrich. Jamais !

— Même pour des raisons financières ?

— Non, je ne le vois pas supprimer une vie à cause de l'argent. Même si ma mère obtenait le divorce, mon père lui donnerait une partie des biens qu'ils possèdent sans grand regret. Il n'est pas obnubilé par l'argent.

— Vos parents ont beaucoup de biens en commun : deux pharmacies au Luxembourg, une villa et trois appartements de standing dans le Sud.

— Ils profitent de temps à autre de leur villa dans le Sud, nous également, et le reste du temps, elle est louée aux vacanciers, surtout en été, comme d'ailleurs les trois autres appartements. Ils se sont mariés sous le régime de la communauté de biens, et si l'un d'eux venait à décéder, l'autre hériterait automatiquement de tout ce qu'ils possèdent.

— Et s'ils divorcent, il y aurait le partage moitié-moitié ?

— Oui, je pense.

— Votre père ne voulait peut-être pas lui céder une partie de sa fortune, et c'est peut-être la raison pour laquelle il l'a tuée et fait disparaître le cadavre ?

— Vous accusez mon père d'être un meurtrier ! J'arrive pas à y croire !

— Non, je ne l'accuse de rien, je suis policier, et à ce stade de l'enquête votre père est considéré comme un suspect dans la disparition de votre mère. Il est la dernière personne à l'avoir vue et ils habitent ensemble. En plus, il y a cette histoire de divorce.

— Monsieur, je comprends que vous suspectiez des gens, mais mon père ne peut pas être un criminel.

— Qui d'autre peut en vouloir à votre mère ?

— Honnêtement, je ne vois personne.

— Elle entretenait de bonnes relations avec ses deux frères ?

— Elle s'entendait très bien avec son petit frère, un peu moins avec son frère aîné.

— Et avec leurs enfants, je veux dire ses neveux et nièces ?

— Il n'y avait pas à ma connaissance d'animosité entre eux. Ils venaient de temps à autre nous rendre visite à la maison. Ma mère les aidait parfois financièrement lorsqu'ils étaient jeunes. Vous pouvez d'ailleurs les interroger, ils habitent dans la région.

— C'est ce que nous envisageons de faire, on va tous les convoquer au commissariat. Pouvez-vous me dire ce que fait votre mari ?

— Il est ingénieur.

— Et où travaille-t-il ?

— Il travaille en Allemagne, il fait chaque jour la navette en voiture. Vous n'allez pas lui aussi le soupçonner ? s'emporta Virginie Papin-Diétrich.

— Dans ce genre d'affaires, comme dans une affaire criminelle, ou encore celle qui relève du grand banditisme, la police interroge tout le monde, toutes les personnes qui sont proches de la victime. Je suis désolé, mais tant que durera l'enquête, tous les membres de votre famille et tout votre entourage seront interrogés, conclut le capitaine Balagot.

Après son audition, Virginie Papin-Diétrich quitta le commissariat pour se diriger vers la maison de son enfance, au domicile de ses parents, pas rassurée.

Valérie Balagot était en classe de première au lycée Hélène Boucher de Thionville. Elle venait de terminer ses cours et attendait son père devant l'entrée de l'établissement, sur le boulevard Foch. Elle ne cessait de saluer ses camarades de lycée qui rentraient à pied à la maison ou qui s'apprêtaient à prendre le bus. Un garçon de son âge, qui n'était pas dans sa classe, et qui essayait de la séduire, s'approcha d'elle pour la saluer et engager la conversation.

— Alors, ça a été les cours ?

— Oui, comme toujours.

— Au fait, tu viendras à l'anniversaire de Judith ?

— Je ne sais pas, tu sais, je la connais à peine, et en plus elle n'est pas dans ma classe.

— Mais elle t'a invitée ?

— Oui, elle m'a demandé si j'étais disponible.

— Qu'est-ce que tu lui as dit ?

— J'ai prévu de faire quelque chose avec ma mère ce jour-là. Normalement on doit aller à Nancy récupérer ma sœur.

— Elle vit à Nancy ta sœur ?

— Oui, elle est étudiante à Nancy.

— Donc, je ne te verrai pas à l'anniversaire de Judith ?

— Non, je ne pense pas.

— Tu sais, il faut qu'on parle sérieusement toi et moi. On peut se faire un ciné tous les deux un week-end ?

— On verra.

Au même moment, la voiture de son père arriva à hauteur du lycée.

— Ah ! Il faut que je te laisse, mon père est là, lança Valérie.

— Tchao ! répondit le jeune rouquin en lui faisant la bise, avant de se diriger vers une aubette.

— C'est qui ce garçon ? demanda Jean-Marc Balagot à sa fille cadette.

— Il s'appelle Matthieu, il est en première comme moi, mais pas dans la même classe.

— Il te drague ?

— Papa, s'il te plaît.

— C'était juste une question ma chérie.

— Tu sais très bien que je n'aime pas répondre à ce genre de questions.

— Bon ! Je ne te la poserai plus.

— Mais pourquoi t'es venu en voiture alors que tu travailles à côté ?

— J'ai prévu de me rendre dans la zone du Linkling pour acheter quelque chose chez Cultura.

— Mais pourquoi tu ne l'achètes pas aux Capucins, à l'Espace culturel Leclerc ?

— Je compte acheter une toile vierge pour la peinture, et je ne crois pas qu'ils en vendent à l'Espace culturel Leclerc aux Capucins.

— Tu fais maintenant de la peinture ?

— Non, c'est une toile que je vais offrir à quelqu'un.

— À qui ?

— À une amie journaliste qui fait de la peinture à ses heures perdues.

— Qu'est-ce qu'elle fait comme style de peinture ?

— Elle peint des portraits et des paysages.

— Elle est douée ?

— Je n'ai jamais vu ses tableaux.

— Papa, qui de toi ou de maman viendra dans mon école pour assister à la réunion parents-profs ?

— Je ne sais pas, tu penses que ta mère va travailler ce jour-là ?

— Son emploi du temps change souvent du fait qu'elle travaille parfois la nuit.

— Si elle ne peut pas, moi je viendrai.

— Je suis allée manger chez Papy et Mamie dimanche dernier. Ils m'ont dit qu'il y a longtemps que tu n'es pas passé les voir.

— C'est vrai, il y a longtemps que j'y suis pas allé.

— Les parents de maman habitent loin, je ne peux pas les voir très souvent.

— Ils vivent dans le Nord et ce n'est pas la porte à côté.

— Leur région s'appelle désormais les Hauts-de-France.

— C'est très bien ma fille de connaître ta géographie.

— Et notre région s'appelle maintenant Grand Est, mais toi tu continues à dire la Lorraine.

— C'est une question d'habitude, et je ne suis pas le seul.

La Mazda de Jean-Marc Balagot continuait à se diriger vers la grande zone commerciale du Linkling. C'était un vendredi, à l'heure de pointe, et les usagers de la route ne se pressaient pas trop.

Depuis sa séparation avec son ex-femme, Jean-Marc Balagot avait accepté la garde de sa fille Valérie au moins une semaine par mois. Valérie passait donc une semaine chez son père, dans l'appartement de celui-ci, situé sur l'avenue de Guise, non loin du commissariat et de la place de la Liberté. Son ancienne épouse demeurait toujours dans le pavillon que le couple avait acheté. Ils n'avaient pas voulu vendre la maison lors du divorce et se partager l'argent à parts égales. Jean-Marc Balagot avait cédé sa part à ses deux filles, même si l'aînée n'y habitait pratiquement plus. La mère de ses enfants continuait à aller travailler tous les jours au Luxembourg comme infirmière, et elle ne souhaitait pas se remarier avec un homme qui aurait envie qu'on s'occupe de lui comme elle l'avait fait avec Jean-Marc durant vingt ans. Jean-Marc était son grand amour, l'homme qu'elle avait adoré dès leur première rencontre à Lille. Elle avait accepté très rapidement de devenir son épouse, et de lui donner deux enfants. Ses parents aimaient beaucoup leur gendre policier. Ils partaient parfois ensemble en vacances. Et quand Jean-Marc Balagot retourna vivre dans sa Lorraine natale, ses beaux-parents n'hésitèrent pas à faire la route pour venir leur rendre visite. Clémence, l'ex-femme de Jean-Marc, la quarantaine avenante, avait eu un peu de mal à s'adapter à la Lorraine, où les gens sont de nature réservée. Elle avait mis du temps à trouver ses marques et à se faire des amies. Par contre, la famille de Jean-Marc, qu'elle ne connaissait pas encore, et qui vivait encore dans la région, l'avait bien accueillie. Elle avait repris le chemin de l'école en suivant une formation d'infirmière, avant de se faire embaucher au Luxembourg, où dit-on, les agents des services hospitaliers étaient mieux payés qu'en France. Maintenant, à l'âge de quarante-cinq ans, elle se contentait de vivre seule, sans mari, de mener tranquillement sa petite vie de célibataire avec enfants à charge, même si de temps en temps elle acceptait qu'un homme lui fasse la cour et l'invite à dîner au restaurant, ou à voir un film au cinéma. Les souvenirs de son mariage étaient désormais derrière elle, comme ceux de son enfance à Lille, où elle traversait tous les matins une courette pour se rendre à l'école. Elle évitait néanmoins d'inviter un homme chez elle, et d'être obligée de le présenter à ses filles. Tant que la relation n'était pas sérieuse, elle mettait un point d'honneur à n'inviter aucun homme chez elle. Elle attendait que les choses se fassent naturellement, avec le temps. En attendant, elle profitait de ces moments agréables de sortie avec un homme, ou de faire l'amour, comme autrefois avec Jean-Marc. Les occasions d'intimité et de tendresse la rendaient heureuse. Les mains d'un homme qui lui caressaient le corps avec douceur la valorisaient. Elle revivait ce qu'elle avait connu autrefois avec son ex-mari. Jean-Marc ne lui manquait pas vraiment. Leur séparation ne l'avait pas déstabilisée, c'est elle qui avait demandé le divorce. Elle ne supportait plus ni ses mensonges ni son infidélité. Jean-Marc Balagot, en revenant vivre en Lorraine, avait pris l'habitude de courir le guilledou. C'est ainsi qu'il avait renoué avec une ancienne copine du lycée, une femme mariée et mère de quatre enfants, qui, malgré ses nombreux accouchements, continuait à avoir un physique avantageux. Cette dame n'habitait pas très loin de Thionville. Elle était accro au shopping. Jean-Marc Balagot la voyait plusieurs fois par mois et lui offrait des cadeaux d'une grande valeur. Il s'endettait pour elle. Sa prodigalité envers sa maîtresse avait failli le ruiner. Clémence l'avait su par l'intermédiaire d'une amie qui avait de la jasette. Elle avait aussitôt engagé une procédure de divorce auprès d'un avocat. Jean-Marc Balagot avait supplié longuement son épouse de lui pardonner, mais en vain. Clémence, dans une colère homérique, lui avait demandé de faire son balluchon et de quitter le domicile conjugal. Les fondements de leur couple venaient d'être fissurés à cause de cette maîtresse, prélude d'une grande cassure.

Clémence avait repris son nom de jeune fille, Pauchet. C'était une fausse blonde au visage carré et aux yeux verts, qui adorait rire avec ses copines. Elle avait une taille élancée et une beauté froide. Elle pouvait bien plaire à plusieurs hommes si elle en avait envie, mais n'avait pas la vocation de croqueuse d'hommes. Elle appréciait les hommes qui ressemblaient un peu physiquement à son ex-mari, et avaient une bonne situation professionnelle. Elle ne voulait surtout pas prendre le risque de sortir avec un homme sans le sou, sans profession ni ambition, un foutriquet, et être amenée à casser sans même le prévenir. Ses manières par contre restaient provinciales. Dans le vieux quartier populaire de Lille où elle avait vu le jour et grandi, à côté des immeubles pouilleux des cités-ghettos où vivaient la racaille, la plèbe et les cabossés de la vie, les jeunes filles n'avaient pas beaucoup de rêves. Elles ne rêvaient pas par exemple de monter à Paris pour faire les grandes écoles, ni d'embrasser une carrière d'artiste ou d'actrice. Elles se contentaient d'avoir un minimum de niveau d'études et ensuite de travailler à l'usine, en espérant vite trouver un mari et faire des enfants pour ne pas vieillir seules. Les filles qui avaient de l'ambition et qui travaillaient bien à l'école réussissaient parfois, mais elles n'étaient pas nombreuses. Quant aux autres, les gens d'en bas, les petits, les sans grades de la France périphérique comme la famille de Clémence, ils acceptaient leur destin en espérant mieux par les concours de circonstances ou par le biais du mariage. On ne prend pas les mêmes chemins que les enfants des bâtisseurs d'empires, des notables ou de ceux qui décident depuis le sommet du pouvoir. On subit son destin ou bien on lutte contre. Clémence avait trouvé son bonheur dans l'essentiel des choses de la vie que le bon Dieu donne aux hommes et aux femmes qu'il a créés. Elle n'était pas allée turbiner à l'usine. Elle avait été mariée avec un homme qu'elle aimait, et elle avait ensuite connu le divorce. Elle avait mis deux enfants au monde pour perpétuer la race humaine. Elle avait un emploi pour subvenir à ses besoins et élever ses filles.

Après avoir acheté une toile à peindre chez Cultura, Jean-Marc Balagot et sa fille rentrèrent à la maison. Jean-Marc était un bon père, qui aimait ses enfants. Il ne blâmait presque jamais ses filles, contrairement à leur mère, qui n'hésitait pas à les gourmander à la moindre faute. Valérie n'aimait pas le gaspillage, et suivait les reportages sur l'actualité écologique à la télévision. Elle rêvait d'adhérer un jour à l'association Greenpeace pour changer le monde. Elle était une grande admiratrice de Nicolas Hulot, de José Bové et de Yann Arthus-Bertrand. Son père aimait la provoquer de temps en temps en lui rappelant par exemple que son idole José Bové était devenu célèbre en France, et à l'étranger, pour son combat contre la malbouffe, après avoir avec ses amis paysans et militants altermondialistes saccagé un restaurant Mac-Donalds. Les médias, en l'occurrence la télé avait fait sa renommée en l'invitant régulièrement sur leurs plateaux aux heures de prime time. Son engagement politique avait éclipsé son combat contre la malbouffe. Jean-Marc se demandait parfois si cet agitateur d'idées était un exemple à suivre pour les jeunes.

Jean-Marc Balagot ouvrit le frigo pour voir et imaginer ce qu'il pourrait préparer pour lui et sa fille. Le réfrigérateur était rempli de légumes, de pizzas, de yaourts, de boissons et de viande. Il remarqua que la barbaque en forme de steak se rapprochait de la date de péremption.

— Valérie, ça te dirait ce soir de manger une côte de bœuf grillée, avec des pâtes ?

— Oui, mais je préfère des légumes à la place des pâtes.

— Bon ! Je vais préparer un assortiment de légumes.

— Papa, tu as acheté mon dessert préféré ?

— Oui, il y a du Yop dans le frigo.

— Je te remercie papa.

— Eh ! Miss tu as oublié de ranger ta chambre la dernière fois.

— Tu veux dire ici ou à la maison ?

— Je te parle de ta chambre ici. Dans la maison à Yutz, moi je n'y habite plus, tu le sais bien ma chérie.

— Oui, mais c'est quand même ta maison aussi. Vous l'aviez achetée tous les deux avec maman.

— D'ailleurs, je peux préciser que c'est moi qui ai mis plus d'argent que ta mère.

— Tu nous a cédé ta part à Violette et à moi.

— Tout à fait, nous avons acheté ce pavillon pour qu'un jour ta sœur et toi en héritiez, et c'est pour cette raison que quand nous avons divorcé avec ta mère, j'ai tenu à vous céder ma part. Je ne voulais pas me contenter de le vendre et partager l'argent avec maman.

— Vous auriez fait moitié-moitié ?

— Oui, c'est ça, moitié-moitié.

— Et cet appartement, tu l'as également acheté ?

— Oui, mais je continue à rembourser le crédit.

— Il te reste combien d'années à rembourser ?

— Oh ! Plusieurs années ma chérie. Quand je serai vieux, quand je disparaîtrai, c'est vous deux qui en hériterez.

— Eh ! Papa, en parlant de disparition, j'ai appris ce matin à l'école, qu'il y a une femme qui habite ici à Thionville qui a disparu. On a même placardé des affiches dans Thionville avec la photo de cette dame.

— C'est vrai, et c'est d'ailleurs moi qui mène l'enquête pour la retrouver.

— Waouh ! Tu fais comme le lieutenant Columbo.

— Oui ma chérie. Tu sais bien que c'est mon métier.

— Quel âge a cette femme ?

— Cinquante-sept ans.

— Tu penses que quelqu'un l'a tuée et a ensuite fait disparaître son cadavre ?

— Pour l'instant, on ne sait pas ce qui lui est arrivé, mais nous enquêtons et nous finirons bien par le découvrir un jour.

— Ça fait dit-on, trois semaines qu'elle a disparu ? Elle est sans doute déjà morte, non ?

— Valérie, en matière d'enquête policière, il faut avoir des preuves irréfutables pour étayer tel ou tel propos. Aujourd'hui, à l'heure où nous parlons, rien ne permet d'affirmer que cette femme soit déjà morte, personne n'a vu son cadavre. Nous continuons à mener notre enquête, et cela peut encore prendre plusieurs semaines ou plusieurs mois, voire des années, jusqu'à ce qu'on sache ce qui s'est réellement passé. Ce qui lui est arrivé.

— Papa, bientôt, je ne mangerai que du bio et des produits de saison.

— Pourquoi, tu es devenue écolo ?

— Je suis engagée contre la malbouffe, et aussi contre le réchauffement climatique. Nous devons tous prendre conscience du changement climatique à travers le monde, car notre planète court à la catastrophe. Si nous ne faisons rien, d'ici à quelques décennies, il sera trop tard.

— Ma chérie, je partage un peu tes opinions sur l'écologie et sur la malbouffe, mais je te trouve aussi un peu naïve. Valérie, un nouveau monde où les gens pourraient vivre dignement en paix, tout en partageant les richesses et en ayant un revenu universel est utopique. Cette nouvelle société où les citoyens mangeront sainement les produits de saison tout en faisant du commerce équitable, nul ne la verra un jour sur terre, car le capitalisme financier avec tous ses acquis, les avantages fiscaux qu'il reçoit de la part des gouvernements pour créer des bulles financières, tout en continuant à produire à tout va ne l'acceptera jamais. Ce qui règne, ce sont la violence et les lois qu'il impose aux marchés, sans oublier ses ramifications à travers le monde, et surtout le pouvoir incommensurable de l'argent qui change facilement la nature et les idéaux des Hommes. Les financiers mettront leur veto par tous les moyens, et à chaque volonté du changement et de solidarité humaine. Ils pratiqueront si nécessaire une diplomatie de la canonnière pour maintenir leurs intérêts et continuer à enrichir leurs actionnaires. Ils nous inciteront toujours à la consommation de masse. Ils voudront toujours faire de la publicité et plus de profit. Ils dicteront leurs règles à tous les gouvernements du monde pour le bien paraît-il de tous. Ils sont dépourvus des vertus cardinales, et leurs valeurs resteront à jamais universelles comme sont éternels les préceptes d'une religion. Valérie, nous vivons dans un monde ultra-capitaliste et égoïste, même si certains ont parfois tendance à l'oublier en faisant des rêves. Ma chérie, l'intérêt écologique ne l'emportera jamais sur l'intérêt économique. Il y a un milliardaire américain, Warren Buffett, qui a dit : « La guerre des classes a eu lieu, et ce sont les riches qui ont gagné. »

— Et bien, dis donc papa, je ne te savais pas si passionné. Au fond tes idées ne sont pas si éloignées de celles de José Bové !

Valérie demanda à se retirer dans sa chambre en attendant que son père termine le frichti.

Tôt ce matin-là, en marchant vers le commissariat pour aller travailler, Jean-Marc Balagot pensait à analyser les autres éléments de l'enquête concernant la disparition de Madame Papin, pour essayer de trouver un indice qui lui permettrait de donner un coup d'accélérateur aux recherches. L'enquête de voisinage n'avait rien donné, ni d'ailleurs les appels téléphoniques que Madame Papin avait passé quelques jours avant sa disparition. Son époux, qui figurait comme le suspect numéro un aux yeux de la police, n'avait pas pu se déplacer pour venir au commissariat afin d'être entendu de nouveau. Il venait d'être hospitalisé d'urgence à l'hôpital Bel-Air pour un malaise. Leur fille aînée, qui vivait à Paris, avait pris deux semaines de congés pour venir à Thionville et veiller sur son père, tout en suivant de près les avancées de l'enquête. Balagot et son collègue Mariotti attendaient patiemment qu'il soit sorti de l'hôpital pour pouvoir les interroger lui et sa fille. Le témoignage de l'aînée de la famille Papin était capital pour la police afin d'espérer mieux cerner l'esprit de cette famille aisée, mais avec beaucoup de non-dits. Le voile pourrait commencer à se lever. Les voisins du quartier avaient raconté des choses aux policiers, tout comme les membres de leur famille, sans oublier les employés qui travaillaient dans les deux pharmacies basées au Luxembourg. Marie-Jeanne Papin n'était pas forcément généreuse comme on le disait. Elle avait plusieurs défauts qu'on ne décelait pas à première vue. Il fallait être patient pour bien connaître l'autre facette de sa nature. La fortune du couple faisait également jaser certaines personnes. On racontait qu'elle ne s'était pas faite à la force du poignet. Elle avait, dit-on, une part d'ombre, de mystère. Les mauvaises langues soupçonnaient le couple Papin de pratiquer du maquignonnage, mais sans trouver de preuves tangibles. Cette jalousie était typique du commun des mortels qui passe son temps à bavasser et à envier les gens qui ont eu un destin meilleur que le leur.

À peine rentré dans le commissariat, le capitaine Balagot fut interpellé par l'un des policiers qui se trouvait à l'accueil : le grand chef voulait le voir immédiatement. Jean-Marc Balagot monta aussitôt les escaliers pour se diriger vers le bureau du commissaire.

— Bonjour Balagot.

— Bonjour chef, vous voulez me voir ?

— Oui, car il y a du nouveau dans l'affaire sur laquelle vous travaillez avec Mariotti. On vient de retrouver un corps dans le parc Napoléon.

— Vous voulez dire le cadavre de Madame Papin ?

— Non, il ne s'agit pas de la pharmacienne qui a disparu.

— Chef, mais il s'agit de qui alors ?

— Il s'agit d'un homme noir, d'un Africain.

— Un Africain ! s'exclama Jean-Marc Balagot.

— Oui, vous vous souvenez de la jeune fille africaine mineure qui avait été abandonnée à la gare de Thionville, et qui était venue demander de l'aide dans notre commissariat, et que la juge a ensuite placée dans un foyer à Metz ?

— Oui je m'en souviens très bien, d'ailleurs je continue à enquêter sur le monsieur qui l'avait abandonnée à la gare.

— Voilà, il est mort. Tôt ce matin, les employés municipaux ont trouvé son corps gisant sur un banc dans le parc Napoléon, dit le commissaire Picart.

— Mais de quoi est-il mort ?

— Apparemment, quelqu'un l'a poignardé, mais on n'a pas encore retrouvé l'arme du crime. Écoutez, vous allez sur place, vous notez tous les éléments y compris les indices matériels, car il faut qu'on arrête vite l'assassin et qu'on connaisse le motif. Il ne faut pas oublier de protéger la scène de crime pour que la police scientifique puisse mener son enquête. Son agresseur a sans doute laissé des empreintes. Nous allons peut-être enfin démanteler le réseau de passeurs pour migrants africains ici à Thionville, voire dans toute la Lorraine. J'ai déjà envoyé Mariotti sur place avec trois collègues. Cette affaire risque de faire grand bruit dans la presse et de tenir Thionville en haleine. Si on ajoute celle de la disparition de Madame Papin dont on n'a toujours pas de nouvelles, on risque de nous demander des comptes. La population de Thionville va commencer à se poser des questions, et la presse va se gausser de la police. Je ne voudrais pas qu'on passe pour des zozos.

— Chef, je vais téléphoner à la femme qui les avait logés et qui était sa maîtresse pour venir faire une reconnaissance, et aussi envoyer quelqu'un à Metz chercher la jeune fille mineure. Je dois à nouveau l'interroger, ainsi que cette dame.

— Il s'agit bien du monsieur qui a abandonné la jeune fille à la gare. On a trouvé son passeport dans l'une de ses poches. Son nom, c'est bien Félix Lokito ?

— Oui, c'est ça.

— Eh bien ! C'est de lui qu'il s'agit, c'est son cadavre. De toutes les façons, vous serez amené à annoncer la triste nouvelle à la femme africaine qui habite ici, et aussi à la jeune mineure. Elles seront vos premiers suspects dans le meurtre de ce type. Il peut s'agir à mon avis d'un règlement de comptes entre passeurs de migrants comme on en voit dans le milieu de trafiquants de drogue, dit le commissaire Picart.

Le capitaine Balagot emprunta une voiture de service pour arriver vite sur le lieu, dans le parc Napoléon de Thionville. Plusieurs personnes, policiers et jardiniers du parc entouraient le mort, allongé sur un banc.

— Bonjour Arnaud, lança Jean-Marc à son collègue, en lui serrant la paluche.

— Bonjour Jean-Marc, voici l'homme qu'on recherchait sur le dossier de la jeune mineure congolaise placée au foyer carrefour à Metz.

— Que lui est-il arrivé ?

— Il est mort d'une blessure à l'arme blanche. Il a été poignardé au poumon et au thorax, et la lame du couteau s'est bien enfoncée dans son corps. C'est ce qui à mon avis a causé sa mort, mais le médecin légiste nous en dira un peu plus. Il présente des blessures sur les mains et aux avant-bras, sans doute a-t-il voulu se protéger des coups de couteau, dit Mariotti, en allumant une cigarette.

— Penses-tu qu'il s'agisse d'un règlement de comptes ?

— Je ne sais pas.

— Il est peut-être tombé sur un loubard ou il s'agit d'un crime de rôdeur ?

— Non, je ne crois pas que c'est un scélérat qui l'a tué. Je pense qu'il s'agit d'une bagarre qui a mal tourné, car son tueur n'a laissé aucun indice.

— Ils se sont battus dans le parc, tu penses ?

— C'est une hypothèse, mais je n'en suis pas sûr. Nous avons fouillé tout le parc avec les jardiniers, et nous n'avons ramassé aucun couteau. Nous avons passé au peigne fin le parc et recherché des traces de sang au sol pour savoir d'où il est venu, mais nous n'avons trouvé aucune goutte de sang, à l'exception du banc où il est mort.

— Bon ! L'enquête nous dira ce qui s'est réellement passé.

— Je pense qu'ils se sont bagarrés en dehors du parc, que son agresseur l'a suriné, et qu'il a tenté de s'enfuir pour venir se réfugier dans le parc Napoléon. Il est mort à cause de ses blessures, car il a perdu énormément de sang. Il a succombé à une hémorragie.

— Tu veux dire qu'en fuyant la baston, il est directement rentré dans le parc pour se cacher ?

— C'est une hypothèse. Il a dû prendre ses jambes à son cou.

— D'après toi, sa mort remonte à quelle heure ?

— Vu la température du corps et la rigidité du cadavre, la mort remonte à plusieurs heures.

— Il n'est donc pas mort ce matin ?

— Non, mais probablement dans la nuit, répondit Mariotti.

— Mais la nuit le parc Napoléon est fermé au public.

— C'est ce que m'a confirmé le jardinier qui a retrouvé le corps ce matin, et qui nous a appelés.

— Il n'a pas téléphoné aux secours, aux pompiers ?

— Non, d'ailleurs, il est à côté, tu peux l'interroger. Il m'a dit avoir des notions de secourisme, et en voyant ce matin un corps allongé sur le banc avec une jambe par terre, il a d'abord pensé à un SDF qui a passé la nuit dans le parc. Il s'est rapproché de plus près pour le réveiller, et c'est là qu'il s'est aperçu qu'il s'agissait d'un homme noir, d'origine sans doute africaine. Il a même pensé qu'il était un de ces migrants soudanais ou somaliens qui fuient la misère et la guerre civile dans leur pays, en empruntant des bateaux de fortune pour tenter de rentrer en Europe. Mais à son grand étonnement, il a constaté que l'homme qu'il tentait de réveiller avait du sang au niveau du ventre. Il a un peu paniqué et a aussitôt appelé son collègue pour qu'il l'aide à le redresser et à lui apporter les premiers soins de secours, mais malheureusement la personne était déjà décédée.

— Il est donc le premier à avoir constaté sa mort ?

— Oui, il devait être d'après lui huit heures trente ou neuf heures du matin. J'ai d'ailleurs déjà pris sa déposition.

— Il a probablement dû faire le mur pour se retrouver ici. Quelqu'un n'est pas venu exprès dans la nuit pour déposer son corps.

— Non Jean-Marc, à mon avis, il était encore en vie lorsqu'il a escaladé la grille qui entoure le parc. Il doit y avoir des traînées de sang quelque part sur la grille du parc. Et je pense que quelqu'un devait être à sa poursuite. Il a sans doute eu peur de se faire rattraper, il a donc décidé de s'abriter dans le parc. Il devait avoir le feu au cul lorsqu'il a sauté le mur.

— Arnaud, s'il y a eu rixe comme tu le penses, ça s'est sans doute déroulé non loin d'ici, dans le centre-ville. Il faudrait peut-être qu'on aille visionner les caméras de surveillance de la mairie, ils ont dû forcément être filmés.

— Oui, et il devait bien connaître les lieux pour venir se réfugier ici.

— Arnaud, tu te souviens de ce qu'a dit la femme africaine au commissariat ? Elle nous a dit qu'il était son amant et qu'il venait régulièrement la voir ici à Thionville.

— Donc, il a dû venir se promener dans le parc Napoléon, dit Arnaud Mariotti.

— Peut-être, et ensemble tous les deux. Il y avait quoi dans ses poches ?

— Nous avons trouvé un passeport, des clés, de l'argent, cinq cents euros, et un billet TGV, aller-retour Paris-Thionville.

— Le billet date de quand ?

— Il date d'hier.

— S'il est revenu à Thionville c'est qu'il y avait une raison. Il avait sûrement rendez-vous avec quelqu'un ou bien il devait y faire quelque chose d'important.

— Mais quoi ? Il ne devait pas venir se présenter au commissariat vu qu'il n'a jamais répondu à nos appels ni à notre convocation.

— Combien de fois t'as essayé de le joindre au téléphone ?

— Je l'ai appelé à trois reprises, mais il n'a jamais décroché son téléphone ni ne nous a rappelés bien que je lui aie laissé deux messages sur son répondeur. Comment s'appelle encore son ex-compagne qui vit ici ?

— Micheline Kakoulouna.

— Tu penses sérieusement qu'ils n'étaient plus ensemble ?

— Je ne sais pas, vu que Félix Lokito a tenu à revenir sur Thionville alors que nous le recherchions, il voulait sans doute renouer avec elle, mais malheureusement pour lui les choses se sont mal terminées. C'est peut-être elle qui l'a poignardé.

— Elle lui a tendu un piège. Mais il n'était pas une femmelette pour se laisser poignarder facilement par une femme, à moins qu'elle soit l'instigatrice du meurtre. Il y avait bien une histoire d'argent entre eux ?

— Oui, elle lui avait prêté la somme de deux mille euros qu'il ne lui a jamais remboursés.

— Elle ne sera plus payée vu qu'il est mort.

— Je ne suis pas sûr que ça soit le mobile du meurtre.

— Qu'est-ce que t'en sais Jean-Marc, il y en a qui tue pour cent balles. Tu te souviens de ce qu'elle nous a dit, qu'elle ne pouvait plus le blairer.

— Dis-moi, est-ce qu'il avait un téléphone sur lui ?

— Non, pas de portable.

— On aurait dû demander à l'opérateur téléphonique de nous fournir toute la liste des appels téléphoniques qu'il a donnés ou reçus ces derniers jours afin de savoir s'il y a un numéro venant de Thionville.

— C'est sûrement avec son ex qu'il a dû parler au téléphone.

— Je vais d'ailleurs l'appeler pour qu'elle puisse venir reconnaître le corps.

— Mais il a de la famille en France ?

— Oui, c'est ce que m'avait dit Madame Kakoulouna lorsqu'elle est venue au commissariat. Et je dois avoir le numéro de son frère ou de son cousin qui habite en région parisienne.

— Jean-Marc, il suffit de les appeler ou bien de les convoquer pour leur annoncer la mort de Félix Lokito pour qu'ils viennent à Thionville identifier le corps, ensuite le réclamer pour l'enterrer.

— Je vais demander au procureur de me délivrer un mandat pour que j'aille perquisitionner chez Madame Kakoulouna, et ensuite l'emmener au commissariat. Elle est à mon avis la seule personne à détenir la clé de ce meurtre.

— Tu vas demander qu'elle soit mise en examen ? demanda Mariotti.

— Oui, cette femme doit nous cacher quelque chose. Elle est un peu louche à mon avis.

— Bon ! Jean-Marc, je vais téléphoner aux ambulanciers pour qu'ils se préparent à venir chercher le corps et l'amener à Nancy pour l'autopsie, après que la police scientifique a fait son travail.

— On va faire une autopsie ?

— Oui, le médecin légiste doit nous faire un rapport sur les causes exactes de son décès. Le cadavre reviendra ensuite à Thionville pour être placé à la morgue municipale avant d'être restitué à sa famille.

L'ambulance arriva pour prendre le corps sans vie de Félix Lokito. Les ambulanciers sortirent leur brancard et entrèrent dans le parc Napoléon. Ils couvrirent le cadavre d'un drap blanc ; mais, auparavant, ils lui enlevèrent sa parka tachée de sang pour la mettre dans un sac en plastique, comme pièce à conviction. Félix Lokito portait une veste de velours bleu électrique. Il mesurait environ un mètre quatre-vingt-dix, et devait peser dans les cent kilos. Il était moustachu. Sa vie avait commencé à Kinshasa, dans la capitale de la République Démocratique du Congo, située sur les bords du fleuve Congo, et venait de se terminer dans une tragédie à Thionville, en France, dans un jardin public situé sur les rives de la Moselle.

Lisa Mayombé avait eu peur en voyant des policiers de Thionville débarquer au foyer Carrefour de Metz où elle résidait. Les deux flics lui expliquèrent calmement les choses avant de l'escorter jusqu'au centre funéraire de Thionville, pour qu'elle puisse reconnaître le corps sans vie de l'homme qui l'avait emmenée en France. Elle pleura en voyant le cadavre de Félix Lokito à la morgue. Elle était bouleversée et désirait connaître la raison de sa mort. Les policiers lui dirent qu'il avait été poignardé. On l'emmena ensuite au commissariat, dans le bureau du capitaine Balagot pour être auditionnée, comme la première fois quand elle était venue se présenter d'elle-même dans ce même commissariat pour demander de l'aide, le visage toujours inondé de larmes. Lisa Mayombé commençait à bien s'exprimer dans la langue de Molière depuis son installation dans le foyer Carrefour de Metz, où elle suivait des cours de français. Elle se faisait également aider par d'autres jeunes filles pensionnaires mineures isolées, originaires d'Afrique noire, qui partageaient son gynécée. Lisa Mayombé n'était plus timide comme à son arrivée en France. Elle était en train de se métamorphoser. Elle ne pensait plus au morne voyage jusqu'en Angola, où elle s'était réfugiée, avant de monter dans un avion et d'atterrir en Europe. Ils avaient voyagé dans un camion de transport en très mauvais état, roulé sur des routes asphaltées et sur des pistes latérites avant d'arriver à destination, à Luanda. Elle répéta aux policiers tout ce qu'elle savait sur la personne de Félix Lokito, mais fut incapable de leur donner le moindre indice pour retrouver son assassin. Dès la fin de son audition, deux policières la ramenèrent à Metz, dans son foyer. Son avenir en France était plus ou moins tracé. Elle allait rester deux ans, jusqu'à sa majorité dans cette résidence, aux frais du Conseil Général de la Moselle, tout en suivant des études, après quoi, elle volerait de ses propres ailes, en demeurant en France, munie d'un titre de séjour. Lisa Mayombé échappait ainsi aux chicayas de son quartier populo, mais surtout à la famine qui touche des milliers d'enfants mineurs abandonnés dans la grande ville de Kinshasa, et qu'on surnomme « Shégués ». Ces mômes en déshérence qui croupissent dans la misère et sans éducation, sont souvent accusés à tort d'être des sorciers qui envoûtent les membres de leur famille. Ces enfants des rues, vêtus de guenilles, ces sacripants qui grandissent sans repères ni soutien ne préoccupent pas véritablement le gouvernement du Congo, et nul ne semble prendre la mesure des enjeux afin d'extraire ces gosses de la pauvreté. À long terme ou dans un futur proche, lorsque ces gamins qui ont les crocs deviendront de grands adolescents, ou des adultes, et qu'ils prendront le surnom de « Kulunas », c'est-à-dire, voyous urbains, bandits armés ou lascars, ils constitueront un danger pour la paix et la sécurité dans la ville de Kinshasa. Une bombe à retardement qui alimentera des troubles, des pillages, des violences, des vols dans des maisons, dans des magasins, et des caillassages de biens publics, voire en prenant les armes en cas d'insurrection ou de guerre civile. Cette marmaille doit être guidée et éduquée. Ces sauvageons de Kinshasa ont besoin d'être encadrés et écoutés, car sinon, ils se livreront plus tard à toutes sortes d'anarchies, de barbaries et contribueront à la déstabilisation du pays.

Le médecin légiste avait remis son rapport aux policiers chargés d'enquêter sur la mort de Félix Lokito. Le docteur était formel : le décès avait été provoqué par un couteau avec une lame très tranchante lors d'une probable bagarre. Félix Lokito avait tenté de se défendre, car ses mains et ses avant-bras portaient des marques de couteau. La lame avait pénétré le corps sur dix centimètres et perforé le poumon. Le médecin légiste avait également réalisé des analyses toxicologiques, mais cela n'avait rien donné : aucune trace de toxine, ni médicament, ni produits stupéfiants et pas d'alcool non plus. Félix Lokito alias Grand Lolo s'était apparemment enfui pour éviter d'être tué. Mais mort, il l'était bel et bien.

Les policiers avaient raison de penser que la rixe à laquelle Félix Lokito avait dû faire face avant de se réfugier dans le jardin public, et de succomber à ses blessures, s'était déroulée non loin du parc Napoléon, dans le centre-ville de Thionville. Il y avait eu une tannée entre lui et son agresseur avant qu'il ne soit poignardé.

Jean-Marc Balagot avait d'abord tenté de joindre Micheline Kakoulouna au téléphone pour lui annoncer la triste nouvelle, et l'inviter à passer urgemment au commissariat, mais en vain. Elle ne décrochait pas son téléphone. Elle ne répondit même pas aux messages laissés sur son portable. Il obtint finalement un mandat du juge pour aller perquisitionner chez elle, dans le cadre de l'enquête sur la mort de Félix Lokito, avec obligation de l'emmener au commissariat si l'on trouvait dans son appartement des objets compromettants liés à l'assassinat de Félix Lokito, son ancien amant.

Le capitaine Balagot réunit dans son bureau cinq collègues policiers, dont Arnaud Mariotti, pour leur expliquer la perquisition qu'ils allaient effectuer au domicile de Micheline Kakoulouna. Il évoqua tous les éléments du dossier, sans oublier la personnalité de cette femme, qui d'après lui, cachait sans doute beaucoup de choses concernant son ancien amant. Ils enfilèrent leurs gilets pare-balles et prirent leurs armes avant de monter à bord des véhicules de service. Ils étaient prêts pour aller farfouiller tout l'appartement de madame Kakoulouna. Il faisait déjà nuit. C'était une nuit d'hiver où les gens marchent peu dans la rue pour ne pas attraper froid, ou se faire agresser. Le ciel était couvert d'étoiles. Les lampadaires éclairaient la ville ainsi que les guirlandes de Noël. La nuit, dit-on, tous les chats sont gris, mais ce soir-là on ne voyait aucun chat gris dans le quartier de la Briquerie où habitait Micheline Kakoulouna. Il n'y avait aucun bruit dans les environs, à part celui des voitures en circulation. Le seul boucan que les cinq flics entendirent en s'approchant de l'immeuble où résidait Madame Micheline Kakoulouna, était celui d'une musique religieuse qui tonnait en fanfare. Ce barouf de chants religieux africains accompagné de tam-tam était dû à la veillée mortuaire qu'avait organisée Micheline Kakoulouna, en compagnie de ses amies les plus proches, ainsi que des membres de sa famille venus de la région parisienne et de Belgique pour passer une nuit blanche chez elle. Ce vacarme qui vibrait depuis l'appartement de Madame Kakoulouna crispa et agaça les cinq policiers qui montèrent les escaliers. Jean-Marc Balagot qui tenait le mandat du juge dans la main voulait dessiller les yeux de Madame Micheline Kakoulouna. Il cria très fort à la porte après avoir sonné plusieurs fois avec insistance.

— C'est la police ! Ouvrez la porte !

Madame Kakoulouna, les yeux imbibés de larmes, apparut à l'entrée. Jean-Marc Balagot lui lança :

— C'est quoi ce bordel ! C'est du tapage nocturne Madame ! On entend votre musique depuis la rue ! Il y a sans doute des gens qui dorment déjà à cette heure-ci. Vous vous croyez où ?

— Attendez Monsieur, et un peu de respect, je suis en deuil moi ! Et mes voisins d'immeuble ont tous été prévenus que j'allais organiser une veillée mortuaire dans mon appartement, et y mettre de la musique religieuse, répondit vertement Micheline Kakoulouna.

— Vous êtes en deuil de Monsieur Lokito, mais vous refusez de répondre à mes appels téléphoniques et de passer au commissariat, ou encore d'aller reconnaître le corps de votre ancien amant qui se trouve actuellement à la morgue municipale !

— Mais Monsieur, moi je n'ai reçu aucun de vos appels téléphoniques.

— Quoi ? Vous vous foutez de moi ! Je vous ai appelée au moins à quatre reprises, et j'ai laissé des messages sur votre boîte vocale, dit Jean-Marc Balagot.

— Monsieur, j'ai changé de portable et de numéro, et c'est peut-être la raison pour laquelle je n'ai pas reçu vos appels.

— D'abord Madame, on se calme, pourquoi tout ce bruit ?

— Je viens de vous dire que je suis en deuil, et c'est pourquoi j'ai organisé une veillée mortuaire chez moi.

— Madame, si vous me dites que vous êtes en deuil, et que vous avez organisé une veillée mortuaire en faisant un tapage qui dérange tout le quartier, cela suppose que vous êtes bien au courant de l'assassinat de votre ex-amant Monsieur Félix Lokito, dont le corps a été retrouvé ici à Thionville, dans le parc Napoléon ?

— Monsieur, mais de quoi vous me parlez ?

— Vous vous moquez de moi ou quoi ?

— Non Monsieur, je ne me moque pas de vous. Je viens de vous dire que j'ai organisé une veillée mortuaire chez moi à cause de la mort de mon père survenue il y a une semaine au Congo, dans mon pays d'origine, et vous, vous me parlez de Félix dont je me suis séparée, et dont je n'ai plus aucune nouvelle, dit Madame Kakoulouna.

— Attendez, je n'y comprends plus rien.

— Qu'est-ce que vous ne comprenez pas Monsieur ?

— Vous me dites avoir perdu votre père au Congo, et c'est la raison de votre veillée de ce soir ?

— Oui, mon papa est décédé au Congo, et je dois organiser une veillée mortuaire selon la tradition africaine, et porter le deuil pendant quarante-cinq jours, c'est pourquoi il y a beaucoup de monde ce soir dans mon appartement, et que nous jouons également de la musique. Et j'ai prévenu tous les voisins de l'immeuble. Je ne vois pas où est le problème.

— Maintenant, si je comprends bien, vous n'étiez pas du tout au courant de la mort de votre ancien amant Félix Lokito ? demanda Jean-Marc, en baissant la tête, d'un air gêné.

— Mais non Monsieur, je n'étais pas au courant.

— Madame, voilà, je vous annonce la mort par assassinat de Félix Lokito. Il est décédé il y a deux jours.

— Mais comment êtes-vous au courant ?

— Parce qu'il est mort ici à Thionville.

— Ah bon ! s'exclama Micheline Kakoulouna.

— On a retrouvé son corps dans le parc Napoléon. Quelqu'un l'a poignardé.

— Oh mon Dieu ! Mais quoi ? Il a continué à habiter ici à Thionville depuis tout ce temps, depuis que je l'ai mis à la porte avec cette jeune fille mineure que la justice a placée dans un foyer à Metz ? Je ne comprends pas.

— Nous, nous pensons qu'il vivait à Paris ou dans la région parisienne, et qu'il avait sans doute un rendez-vous dans l'est avec quelqu'un, ou qu'il continuait à venir discrètement à Thionville. En tout cas, il est mort dans notre ville, on l'a assassiné, ça c'est sûr. Il a été poignardé de deux coups de couteau, un au poumon et un autre au thorax.

— Oh mon Dieu ! Mais qui a pu faire ça ! Qui a pu le tuer comme ça et pourquoi ? cria Micheline Kakoulouna.

— C'est ce qu'on cherche à savoir. Nous enquêtons pour connaître l'identité de l'assassin et le mobile du crime.

— Mais il ne venait plus chez moi ? Ça, je peux vous le garantir. Il n'a plus mis les pieds dans ma maison depuis notre séparation.

— Madame, nous, on pense le contraire, car à qui d'autre que vous ici à Thionville pouvait-il venir rendre visite ?

— Je n'en sais rien Monsieur, c'est vous les policiers, et c'est à vous de le découvrir. Moi, je vous dis la vérité. Nous ne nous sommes plus revus, ni même croisés depuis que j'ai pris la décision de rompre définitive ment notre relation. Je n'ai plus vu Félix ni ne lui ai parlé au téléphone.

— Vous avez changé de portable et de numéro de téléphone parce que vous saviez que vous alliez être soupçonnée du meurtre de Félix Lokito ?

— Non Monsieur, il y a longtemps que je voulais changer de portable, et aussi de numéro de téléphone.

— Bon ! Nous avons un mandat du juge pour perquisitionner chez vous, car on pense que vous êtes de près ou de loin liée à sa mort. Voici le mandat, et je veux que vous arrêtiez tout de suite cette musique, ça fait du boucan.

— Non Monsieur, je suis désolée, car je suis en deuil, et les membres de ma famille sont ici présents. Nous sommes dans le recueillement. Et chez nous, en Afrique, quand on organise une veillée mortuaire on joue de la musique religieuse, accompagnée du tam-tam, expliqua Micheline Kakoulouna.

— Mais Madame, ici vous n'êtes pas en Afrique, vous êtes en France ! Lorsqu'on organise une veillée mortuaire en France, on ne joue pas de la musique à fond avec du tam-tam, et on ne dérange pas ses voisins !

— Mais Monsieur, j'ai averti tout le monde, et personne ne s'est opposé à ce que j'organise une veillée à la mémoire de mon père, et qu'on y joue de la musique.

— D'accord Madame Kakoulouna, mais nous on veut faire notre perquisition sans le moindre bruit de musique, est-ce que c'est possible ? On veut juste faire notre travail.

— Ça ne peut pas attendre demain matin ?

— Non Madame, car vous pourriez entre temps faire disparaître les preuves que nous recherchons, c'est-à-dire l'arme du crime, le couteau qui a servi à tuer Monsieur Lokito.

Micheline Kakoulouna se mit à crier.

— Je ne vous laisserai pas perquisitionner ce soir chez moi, je suis en deuil !

— Madame, vous ne pouvez pas vous opposer à une perquisition ordonnée par le juge, car vous risquez la prison dans ce cas. On peut vous emmener de force au commissariat et vous mettre en cage[7], et ensuite faire la perquisition sans votre présence, ou avec la simple présence d'un témoin.

— Monsieur, je vous répète qu'on est en deuil, revenez plus tard s'il vous plaît. De toute façon, vous ne trouverez pas de preuves chez moi. Je n'ai rien à voir avec l'assassinat de Félix Lokito, pesta Micheline Kakoulouna.

— Madame, si vous n'avez rien à vous reprocher, laissez nous faire tranquillement notre travail. Laissez-nous fouiller votre appartement : de toute façon, nous n'avez pas le choix.

— Mais regardez Monsieur, il y a beaucoup de gens

chez moi. Comment voulez-vous qu'ils acceptent que vous perquisitionniez dans mon appartement alors que nous sommes en train de pleurer la mort de mon père ?

— Madame, je comprends, mais au risque de me répéter, nous ne pouvons pas repartir dans notre commissariat sans avoir fait ce qui nous a été demandé. Le juge a émis un mandat de perquisition lié à l'assassinat de Monsieur Lokito, et nous sommes dans l'obligation de l'appliquer, peu nous importe la situation dans laquelle vous vous trouvez.

— Monsieur, essayez au moins de respecter la mémoire des morts, supplia Micheline Kakoulouna.

— Madame, il y a aussi Félix Lokito, votre ex-compagnon qui vient d'être tué, et nous devons chercher à savoir qui l'a assassiné, répondit Jean-Marc Balagot, exaspéré.

Le lieutenant Mariotti qui se trouvait derrière Jean-Marc Balagot, et qui avait un peu de peine pour cette femme africaine en train de pleurer son père, dit à son collègue :

— Jean-Marc, nous pouvons peut-être la laisser faire tranquillement sa veillée et revenir demain matin.

— Quoi ! Mais que dis-tu Arnaud ? Je te rappelle que nous avons un mandat du juge.

---

[7] Cellule de garde à vue dans un commissariat de police.

— Je sais, mais regarde dans quel état elle se trouve. Toutes ces personnes sont venues l'assister dans son deuil.

— Tu proposes qu'on laisse tomber ?

— Non, je propose qu'on revienne plus tard, demain matin.

— Elle pourrait faire disparaître des preuves compromettantes si on revient plus tard. T'es policier ou pas Arnaud ?

— C'était juste une suggestion Jean-Marc.

— Le couteau qui a tué Félix Lokito se trouve peut-être dans cet appartement, et si on s'en va pour revenir après, on risque de ne plus le retrouver, s'obstina Jean-Marc Balagot en regardant son collègue droit dans les yeux, tandis que derrière eux, Micheline Kakoulouna et plusieurs Africains commençaient à se regrouper pour défier les policiers venus faire la perquisition.

— Je ne suis pas sûr que ce soit elle qui l'ait tué, dit Arnaud Mariotti.

— Arnaud, tu as peut-être raison, mais en attendant, le juge a délivré un mandat pour perquisitionner dans cet appartement, et si nous trouvons des choses compromettantes, cette femme doit venir au poste avec nous. Pour l'instant, elle est suspectée, pas coupable, et on doit faire notre travail.

— On peut trouver une autre solution Jean-Marc.

— Mais quelle solution ?

— Déjà, il faut peut-être expliquer calmement à tous ses invités pourquoi nous sommes là, proposa Mariotti.

Jean-Marc Balagot balaya furtivement la salle d'un coup d'œil.

— Tu as raison.

Au moins vingt personnes, toutes d'origine africaine, étaient rassemblées dans l'appartement de Micheline Kakoulouna. En les découvrant, le capitaine Balagot prit la décision de les interroger pour savoir s'ils connaissaient de près ou de loin Félix Lokito, ou s'ils avaient des liens de famille avec le défunt. Il ne croyait pas trop aux dires de Micheline Kakoulouna. Il doutait d'elle, et son intuition de flic lui disait de toujours se méfier des personnes prises déjà en porte-à-faux. Il dit à ses collègues :

— Nous allons auditionner tous ces gens. Il y a peut-être parmi eux l'assassin de Félix Lokito.

Tout le monde fut surpris d'une décision aussi soudaine.

— Jean-Marc, tu veux que j'appelle du renfort avec des véhicules pour les emmener au commissariat ? dit Arnaud Mariotti.

— Non, nous allons le faire ici même.

— Quoi ! Tu veux dire dans cet appartement ?

— Oui, je vais tout leur expliquer.

— Jean-Marc, et la perquisition, nous la ferons quand ?

— Nous la ferons après.

— Tu veux dire après qu'on ait interrogé toutes ces personnes ?

— Oui, dès qu'on aura fini de les auditionner.

— Mais il est presque vingt heures, et ça risque de nous prendre toute la nuit. Tu sais qu'ils sont nombreux, nous allons devoir passer une nuit blanche dans cet appartement.

— Et alors ? Ils sont venus à Thionville pour ça, assister à une veillée mortuaire en passant une nuit blanche, donc, nous aussi on va faire pareil. On s'incruste.

— Et s'ils refusent de répondre à nos questions ?

— Écoute, celui ou celle qui refuse de répondre à nos questions concernant l'enquête sur le meurtre de Félix Lokito, je le menace de le mettre en garde à vue, voire de l'envoyer en prison. Tu verras que ça marchera.

— Jean-Marc, tu es sûr que tu ne veux pas des renforts ? On n'est pas loin du commissariat. Ils peuvent même venir à pied.

— Non, nous sommes cinq, c'est bon.

— Et où penses-tu les auditionner, ici au salon ?

— Non, il doit y avoir une cuisine ou une salle à manger quelque part.

— Tu vas les interroger dans la cuisine ?

— Oui, il faut savoir s'adapter.

Jean-Marc Balagot expliqua à Madame Kakoulouna ce qu'il comptait faire avant de débuter la perquisition. Il lui demanda gentiment de ne pas essayer de s'opposer à la police et de coopérer, en expliquant clairement aux invités de la veillée mortuaire de ne pas s'énerver lors des interrogations, de demeurer calme, au risque de se faire embarquer manu militari au commissariat, et d'y passer le reste de la nuit. Il l'obligea également à ne pas essayer de s'exprimer dans une quelconque langue africaine, à ne parler qu'en français lorsqu'elle expliquerait la situation à ses invités. De plus, elle devait servir d'interprète pendant les auditions pour ceux qui avaient du mal à s'exprimer en français. Micheline Kakoulouna ne put qu'accepter les exigences de Jean-Marc Balagot. Elle s'excusa d'abord auprès de ses amies et des membres de sa famille pour le dérangement de la police dans son appartement à un moment aussi triste de sa vie. Elle rassura tout le monde en confirmant que la veillée continuerait, et qu'elle se terminerait comme convenu, c'est-à-dire, à l'aube, comme le veut la coutume en Afrique, avec des chants religieux et du tam-tam. Chaque personne serait appelée et interrogée par la police sous audition libre dans la pièce qui faisait office de cuisine et de salle à manger. Mais avant de commencer les auditions, Jean-Marc Balagot tint d'abord à taper aux fafs[8].

L'appartement de Micheline Kakoulouna était assez grand. Les fauteuils du salon avaient été bougés çà et

là afin que tout le monde puisse se voir, communiquer et chanter ensemble. Le téléviseur avait été mis de côté, tout comme deux meubles qui ornaient le séjour. Peints en blanc,

---

[8] Contrôler les papiers d'identité.

les murs étaient décorés avec des statuettes africaines. Les rideaux avaient été tirés. Deux luminaires modernes pendaient au plafond et éclairaient toute la pièce. Tous ceux qui papotaient tranquillement, et toutes celles qui chantaient et pleuraient à voix basse, se turent brusquement en voyant des policiers entrer dans la maison. Le tam-tam cessa de tambouriner. Les gens s'étonnèrent et essuyèrent leurs larmes. Les personnes qui ricanaient discrètement entre eux arrêtèrent net. Chacun se demandait ce qui se passait, ce que venait faire la police nuitamment dans un appartement où il y avait une veillée mortuaire. Beaucoup étaient choqués, et prêts à rouscailler, surtout ceux qui évoquaient les problèmes qui se passaient au Congo, et sur le continent : de la vassalisation de l'Afrique par les Occidentaux, et désormais par les Chinois, voire les punchlines de l'ancien président dictateur Joseph Mobutu, qui abominait son peuple. C'est à ce moment précis que l'un des invités, n'en pouvant plus, dit avec véhémence à son voisin assis à côté.

— Les traditions et le respect qu'on doit aux morts n'existent plus en France, tout comme la période de deuil n'est plus respectée chez les Blancs. Il n'y a quasiment plus de mystères en Europe, voilà peut-être l'une des raisons qui fait que les Européens ont perdu leurs valeurs morales et leur foi en Dieu. Ils dédaignent les anciens et se méfient grandement de tout ce qui est favorable à un retour aux traditions ancestrales et aux valeurs morales. Ils ne croient plus aux vertus des plantes médicinales. Ils pensent que la modernité et le pouvoir d'achat peuvent tout résoudre. Ils éduquent leurs enfants avec la télévision et les nouvelles technologies. Ils ont constamment soif d'accumuler toutes sortes de choses, et ont une grande peur de manquer. Ils s'imaginent toujours que tout ce qu'ils font est juste et bénéfique pour le reste de l'humanité. Ils croient que la malédiction divine ne peut pas les frapper. Les Blancs se trompent. Les Occidentaux souffrent de plus en plus aujourd'hui du syndrome de la routinologie [9] encore appelée : la routinite aiguë. Et c'est peut-être là un signe annonciateur de leur déclin.

Parmi les vingt personnes réunies ce soir-là à la veillée de Micheline Kakoulouna, il y avait trois Africains et une Africaine d'une soixantaine d'années, aux cheveux grisonnants. Quatre avaient largement dépassé la cinquantaine, et les autres devaient avoir entre trente et quarante ans, et c'est l'un d'eux qui jouait du tam-tam. Le djembé qu'il avait rapporté de la région parisienne, où il habitait. Il n'y avait pas de jeunes mineurs ou d'enfants en bas âge. On pouvait compter sept femmes dans le groupe. Elles portaient pour la plupart des habits de couleur noire pour marquer leur soutien au deuil de Micheline. Les gens buvaient du café ou du thé, d'autres préféraient de la bière, sans se soûler. Tout au long des auditions menées par Jean-Marc Balagot et son collègue Arnaud Mariotti, l'ambiance resta triste, même si certains essayaient de babiller pour tuer le temps. Aucune des personnes interrogées ne se mit à nouveau en colère contre les policiers. Elles coopérèrent à l'enquête pour que l'assassin de Félix Lokito soit retrouvé. Très peu d'entre eux connaissaient Félix Lokito. La plupart de ceux qui étaient venus de Belgique ignoraient son existence. Ils apprenaient avec étonnement l'assassinat d'un de leur compatriote. Les Africains subissent la misère et l'exclusion en Europe, mais il est rare qu'ils trouvent la mort de façon atroce aux pays des blancs, et soient inhumés dans un cimetière où la terre gèle en hiver.

---

[9] La routinologie ou la routinite aiguë, comme l'a définie Raphaëlle Giordano (*ta deuxième vie commence quand tu comprends que t'en as qu'une.)* est une affection de l'âme qui touche de plus en plus de gens dans le monde, surtout en Occident. Les symptômes sont presque les mêmes : baisse de motivation, morosité chronique, perte de repères, désenchantement, lassitude et des difficultés à être heureux malgré une opulence de biens matériels...

Les gens malgré la tristesse continuaient à défiler dans la cuisine de Micheline Kakoulouna pour être auditionnés par le capitaine Balagot et le lieutenant Mariotti. Ils répondaient calmement aux questions des policiers, en affirmant ne pas vraiment connaître l'ancien amant de Micheline Kakoulouna. Certains avouèrent l'avoir brièvement croisé à l'occasion d'une fête, mais ne se souvenaient plus où ni quand. D'autres exprimèrent leur surprise en découvrant la relation qu'entretenait Micheline avec un compatriote congolais qui était marié au pays, et de surcroît père de famille. En Afrique, rien ne se cache, et rien également ne se dit, tout se sait vite par voisinage quand un homme ou une femme mariée entretient une relation extra-maritale.

L'audition de Micheline Kakoulouna avait duré plus longtemps que celle des autres. On chercha à connaître son alibi le soir où Félix Lokito fut tué. Elle répéta encore aux deux policiers qu'elle ne savait rien, et qu'elle n'avait rien à voir ni de près ni de loin avec l'assassinat de son ancien amant. Elle ne savait pas qui l'avait tué, ni pour quelles raisons, ni pourquoi cela s'était déroulé à Thionville alors qu'il était censé vivre en région parisienne chez son frère ou chez son cousin depuis leur séparation. Elle cherchait à comprendre, mais était dans l'incapacité d'aider la police à retrouver l'assassin.

Pendant longtemps, comme l'a expliqué dans ses mémoires un ancien grand flic de la police judiciaire de Paris, du fameux 36 Quai des Orfèvres, qui avait participé à la traque de Jacques Mesrine, les policiers, procédaient à leurs recherches du crime au criminel. Mais, depuis quelque temps, les limiers de la PJ travaillaient autrement, en allant désormais du criminel au crime. On utilisait le fichage et la surveillance en amont des grands voyous et autres bandits de grand chemin. Le nom et la photo de l'assassin de Félix Lokito, voire ses empreintes, figuraient peut-être dans le fichier de la police nationale et de la gendarmerie, et s'il résidait à Thionville, il y avait une chance sur deux que sa route ait déjà croisé celle des policiers du commissariat pour délit ou autres actes d'incivilité commis dans la ville ou ses environs. Il suffisait aux policiers d'avoir une empreinte et de l'exploiter en la comparant à celles qui figuraient dans la base de données du fichier national.

Jean-Marc Balagot tenait à recueillir des aveux conséquents de Micheline Kakoulouna, par exemple le nom de l'assassin. Il voulait qu'elle passe à table, mais en vain. Micheline Kakoulouna resta sur ses positions.

— Madame Kakoulouna, si vous n'aviez plus de contacts téléphoniques avec Monsieur Lokito depuis votre séparation, alors que celui-ci est revenu à Thionville pour y trouver la mort, il y a forcément quelque chose qui cloche, dit Jean-Marc Balagot.

— Oui Monsieur, il y a sûrement quelque chose qui cloche, car sinon il ne serait pas mort ici à Thionville, mais comme je vous l'ai déjà dit, j'ignore pourquoi il est revenu à Thionville, et qui il était venu voir. Nous avons rompu. Je lui avais dit de ne plus m'appeler, et de ne plus venir chez moi. Il ne m'a plus téléphoné et moi non plus. J'ai commencé à l'oublier. Il était sorti de ma vie.

— Donc, vous ne pouvez pas nous dire qui il est venu voir à Thionville ? Je vous redis qu'il y a sûrement une raison à son retour ici. Il n'est pas revenu à Thionville pour faire du tourisme.

— Monsieur, je vous jure sur la mort de mon père, je n'en sais rien.

— Quand il venait vous voir, est-ce qu'il fréquentait d'autres personnes à Thionville ? Avait-il des amis ici ?

— Non, je ne crois pas. Félix ne connaissait pas grand monde ici à Thionville. Les seules personnes qu'il rencontrait, c'étaient mes copines.

— Vous êtes sûre qu'il n'avait pas un camarade d'origine africaine ou antillaise vivant à Thionville ?

— Non, pas à ma connaissance. S'il avait un copain à Thionville, je l'aurais su, et je vous aurais déjà donné son nom et son adresse.

— C'est quand même un peu bizarre que vous ne sachiez pas si votre ancien compagnon Félix Lokito fréquentait une ou plusieurs personnes à Thionville. Il n'est pas revenu ici pour rien. Il avait sûrement un rendez-vous avec quelqu'un. Quelqu'un devait l'attendre. Son voyage de Paris jusqu'à Thionville avait un but précis. On ne prend pas le train, en plus le TGV qui coûte cher, pour aller à un endroit sans avoir un but ! Vous ne sortiez plus ensemble, mais pourquoi est-il revenu sur Thionville, pour se faire autant poignarder à mort ?

— Mais c'est à vous de le trouver, moi je n'y suis pour rien.

— Madame, nous on mène notre enquête. Nous recherchons des indices pour coincer l'assassin. Nous interrogeons des gens dont Félix Lokito était proche ici, à Thionville. Des personnes qui le connaissaient et qu'il fréquentait, comme vous. C'est bien grâce à votre liaison qu'il est venu pour la première fois à Thionville, et qu'il est par la suite revenu souvent, dit Jean-Marc Balagot.

— Oui, c'est exact, mais comme je l'ai dit, je n'ai rien à voir avec sa mort !

— Madame, vous lui avez fait visiter Thionville naturellement, et il a dû découvrir tout seul d'autres coins de la ville, comme le parc Napoléon où il a été tué. Vous n'allez pas nous dire qu'il ne sortait pas seul, qu'il restait tout le temps enfermé ici dans votre appartement.

— Oui, il lui arrivait de sortir tout seul, d'aller au supermarché ou encore d'aller se promener dans Thionville. Nous n'étions pas tout le temps collés ensemble. Moi, je vais chaque matin travailler au Luxembourg, mais s'il avait fait des rencontres amicales et fréquentait des amis à Thionville, il me l'aurait dit. Et nous les aurions sans doute croisés en ville quand nous marchions ensemble. Thionville n'est pas une grande ville vous le savez bien, comparée à Paris, à Marseille ou à Luxembourg, expliqua Micheline Kakoulouna.

— Madame Kakoulouna, et si votre ancien compagnon avait rencontré une femme ici à Thionville ? suggéra Arnaud Mariotti.

— S'il avait rencontré une femme, évidemment, il ne me l'aurait pas dit. Il me l'aurait caché, ça c'est sûr, répondit Micheline Kakoulouna. Mais où voulez-vous en venir ?

— D'après vous, l'idée qu'il ait pu entretenir une relation amoureuse avec une autre femme ici à Thionville, est-elle possible ? demanda Mariotti.

— Monsieur, tout est possible dans la vie, et à mon âge, cela ne me surprendrait pas, car Félix aimait les femmes, et nous n'étions pas mariés. Mais je n'en sais absolument rien. Je ne peux donc malheureusement pas vous aider de ce côté-là. Monsieur, le fait qu'il ait une femme et des enfants au Congo, et qu'il ait entretenu avec moi une relation adultère, prouve qu'il aimait les femmes, et il n'est pas impossible qu'il ait eu une autre maîtresse ici à Thionville, dit Micheline Kakoulouna, avant d'ajouter : il n'y a peut-être pas qu'à Thionville. Il avait peut-être d'autres maîtresses en région parisienne ou bien au Congo. Il voyageait aussi beaucoup en Belgique, et c'est d'ailleurs là-bas que nous nous sommes rencontrés. Il devait sans doute avoir une maîtresse à Bruxelles. Que voulez-vous que j'y fasse ?

— Madame, parmi tous les gens qui sont ici, qui sont venus à votre veillée, est-ce qu'il y a des personnes qui détestaient Félix Lokito ? demanda Jean-Marc Balagot.

Madame Koukoulouna haussa les épaules :

— Qui ?

— Mais tous ceux qui sont présents en ce moment dans votre appartement.

— Non, la majorité des gens qui sont venus à ma veillée ne le connaissaient pas vraiment. Ils ont à peine entendu parler de lui. Félix ne vivait pas en permanence avec moi, comme je vous l'ai dit, il était marié au Congo.

— Vous ne l'avez donc jamais présenté à un membre de votre famille ? interrogea Jean-Marc Balagot.

— Non, je ne pouvais pas le faire par respect vis-à-vis de mes parents. Nous n'étions que des amants, et il n'envisageait pas de se séparer un jour de sa femme pour m'épouser.

— Madame Kakoulouna, je voudrais vous dire que mademoiselle Lisa Mayombé que Félix Lokito avait fait rentrer en France, est venue identifier son corps. Nous sommes allés la chercher à Metz, dans son foyer.

— Si vous voulez, moi aussi je peux aller reconnaître son corps, proposa Micheline Kakoulouna.

— Non, ne vous tracassez pas Madame, nous avons eu son frère au téléphone ce matin pour lui annoncer la mort de Félix Lokito, et il doit venir demain à Thionville. Il ira reconnaître le corps à la morgue avant de passer au commissariat pour être interrogé.

— Je vais l'appeler pour lui présenter mes condoléances.

— Vous ne désirez pas le rencontrer ? interrogea Arnaud Mariotti.

— Il n'y a aucun souci, je vais lui demander qu'on se rencontre dès son arrivée à Thionville.

— Il nous a dit au téléphone qu'il viendrait en compagnie de sa femme, précisa Jean-Marc Balagot.

Bernadette Akandé était une amie de Madame Kakoulouna. C'était une Africaine venue d'Afrique de l'Ouest, plus précisément du Bénin. Elle vivait à Thionville depuis des années. Elle commençait d'ailleurs à prendre de l'âge, et surtout à avoir peur de la mort comme les Blancs. Et c'est peut-être l'une des raisons qui faisait qu'elle priait beaucoup, qu'elle avait rejoint l'Église Évangélique Baptiste Bonne Nouvelle. Le lieu de culte où elle se rendait tous les dimanches se situait dans un quartier populaire de Thionville. Micheline Kakoulouna s'y rendait régulièrement, et les deux femmes avaient fini par devenir amies, à force de s'y retrouver pour chanter des louanges à Dieu, la foi chevillée au cœur, en espérant la parousie imminente. Ce soir-là, en venant à la veillée, Bernadette Akandé, qui avait une soixantaine d'années, ne pensait pas qu'elle allait être soumise à un interrogatoire de la police pour une affaire de meurtre. Elle paniqua et faillit même tomber de sa chaise lorsqu'on lui fit signe de se rendre dans la cuisine pour être interrogée. Elle était divorcée et avait un enfant, une grande fille qui se prénommait Lucette, et qui n'habitait plus avec sa mère. Elle résidait désormais à Lyon où elle enseignait dans une grande école de commerce. Elle revenait rarement à Thionville pour voir sa mère. Quant à son père, un super-diplômé, après le divorce, il était rentré au Bénin où il avait monté une entreprise de transport jouissante. Lucette comptait un jour aller le rejoindre pour travailler à ses côtés, et renouer avec la terre de ses ancêtres.

Bernadette Akandé essuya une larme avant de répondre aux questions des policiers.

— Madame, vous êtes bien une amie de Micheline Kakoulouna, à moins que vous ne soyez de la famille ?

— Non, je ne fais pas partie de sa famille. Nous sommes seulement des camarades.

— Et où habitez-vous ?

— Mais ici, à Thionville.

— Donc, vous avez forcément eu à connaître l'ex-amant de Madame Micheline Kakoulouna qui s'appelait Félix Lokito, et qui vient d'être assassiné dans le parc Napoléon de Thionville ? interrogea Jean-Marc Balagot.

— Oui, je le connaissais.

— Nous enquêtons sur sa mort pour savoir qui l'a tué, et votre amie Micheline Kakoulouna est notre première suspecte dans cette affaire, car ils étaient amants. Leur histoire d'amour s'est terminée il n'y a pas longtemps.

— Mais Monsieur, qu'est-ce que moi j'ai à voir là-dedans ?

— Soyez sans crainte Madame, nous, nous sommes de la police de Thionville, et nous menons notre enquête pour tenter de retrouver son assassin. Vous êtes un simple témoin. Je l'ai dit tout à l'heure lorsque je me suis présenté à vous tous. Le corps de Monsieur Félix Lokito a été retrouvé poignardé dans le parc Napoléon que vous devez bien connaître puisque vous habitez Thionville.

— Mais moi je suis venue à la veillée pour assister mon amie Micheline qui a perdu son papa au Congo. Je ne sais donc pas quoi vous dire à propos de l'assassinat de Félix, répondit Bernadette Akandé.

— Madame, Félix Lokito, vous l'avez sans doute bien connu, et vous pouvez aider la police en répondant à quelques questions.

— C'est vrai que je le connaissais parce qu'il vivait une histoire d'amour avec Micheline, mais ce n'était pas une histoire d'amour normale.

— Pourquoi dites-vous que ce n'était pas une histoire d'amour normale ?

— Mais parce que Félix était un homme marié. Il avait une femme dans son pays, au Congo-Kinshasa. Il ne venait qu'occasionnellement à Thionville pour coucher avec Micheline, et repartir au bout d'un mois. C'est pourquoi je dis que ce n'était pas une histoire d'amour normale.

— Mais il était bien attaché à Micheline ?

— Je ne sais pas ce que vous appelez attaché. Si on aime vraiment quelqu'un, on ne vient pas le voir seulement une ou deux fois dans l'année, dit Bernadette Akandé.

— Votre camarade Micheline nous a affirmé que Félix Lokito, quand il venait la voir, restait environ deux mois avec elle.

— C'est parce qu'il ne pouvait pas faire autrement. Il avait une femme qui l'attendait à Kinshasa, et il fallait qu'il rentre pour retrouver son foyer. Je n'appréciais pas beaucoup leur relation. Je l'ai d'ailleurs dit une fois à Micheline.

— Vous lui avez dit quoi exactement ?

— Je lui ai conseillé de mettre fin à cette relation et de rencontrer quelqu'un d'autre, qui serait présent tout le temps à ses côtés. Pour moi, ils ne vivaient pas un vrai amour, mais plutôt un amour intérimaire. Et c'est un péché devant Dieu de vivre de cette façon.

— Vous êtes croyante Madame ?

— Oui, et quand on croit en Jésus, et qu'on respecte la parole biblique, on ne fait pas ce genre de chose, c'est-à-dire coucher avec un homme ou une femme qui est déjà marié.

— Vous Madame, vous êtes mariée ? interrogea Arnaud Mariotti.

— Non, je ne le suis plus depuis dix ans. J'ai divorcé de mon mari, car il m'avait trompée avec une autre femme.

— Vous ne portiez pas l'ancien amant de votre amie Micheline dans votre cœur. Vous n'aimiez pas beaucoup Félix Lokito ? poursuivit Arnaud Mariotti.

— Pour vous dire la vérité, je ne l'appréciais pas beaucoup. Il se comportait mal devant Dieu. Il faisait souffrir à la fois sa femme restée à Kinshasa et mon amie Micheline. Il ne méritait pas la bonté de Dieu.

— Êtes-vous contente qu'il soit mort ? demanda Jean-Marc Balagot.

— Non Monsieur, je ne pourrais jamais me réjouir de la mort de quelqu'un, même si cette personne avait un comportement impie, surtout dans les conditions dans lesquelles Félix est mort. Je vais prier pour que Dieu lui pardonne ses fautes, et que son âme repose en paix.

— Dites-nous Madame, qui ici à Thionville pouvait en vouloir à Félix Lokito au point de le tuer en le poignardant ?

— Je ne vois pas qui pouvait le détester à ce point-là. Je ne sais pas s'il connaissait beaucoup de monde à Thionville, car il n'habitait pas ici. Il ne venait qu'occasionnellement pour voir Micheline.

— Quand il venait à Thionville et qu'il restait chez votre amie, c'est-à-dire, ici dans cet appartement, est-il arrivé que vous sortiez tous les trois ensemble ? interrogea Jean-Marc Balagot.

— Non, l'occasion ne s'est jamais présentée. Et je pense que j'aurais poliment décliné l'invitation.

— Mais ils sont déjà venus vous rendre visite chez vous ?

— Oui, ils étaient même venus manger une fois à la maison. Mais honnêtement, je n'aimais pas trop m'afficher aux côtés de Félix dans les rues de Thionville. D'ailleurs, dès qu'il venait voir Micheline, j'évitais d'appeler chez elle, et encore moins de lui rendre visite. J'attendais patiemment que Félix retourne au Congo pour téléphoner à Micheline, et lui rendre à nouveau visite. Mais ça, Micheline le sait très bien. Elle peut en témoigner.

— Vous vous êtes déjà fâchée avec Félix Lokito ?

— Non, jamais, car il y avait très peu d'occasions pour qu'on se croise.

Bernadette Akandé quitta la cuisine et salle à manger pour retourner dans le salon, et continuer la veillée mortuaire, sans la musique religieuse et sons du tam-tam, ni les goualantes populaires, en silence.

C'était désormais au tour d'un homme d'une quarantaine d'années, avec beaucoup de cheveux sur la tête, dans le style des militants des Black Panthères en Amérique, dans les années soixante, qui fut prié d'aller répondre aux questions des policiers dans la cuisine et salle à manger. Il s'appelait Bienvenu Matumbu et résidait à Bruxelles, en Belgique. Il était un cousin direct de Micheline Kakoulouna, et allait donner aux policiers un début de piste pour retrouver l'assassin de Félix Lokito. Cela faisait une vingtaine d'années qu'il vivait en Europe, et travaillait comme vigile dans la capitale belge. Il portait une barbe fournie, et avait une forte corpulence. Son visage était serein comme un vieux sage africain prêt à transmettre les traditions ancestrales aux nouvelles générations.

— Monsieur, pouvez-vous nous dire si vous connaissiez Monsieur Félix Lokito qui vient de mourir ici à Thionville, et qui fut l'ancien amant de Madame Micheline Kakoulouna ? interrogea Balagot.

— Oui, je le connaissais.

— Quels sont vos liens avec Micheline Kakoulouna ?

— Elle est ma cousine.

— Donc vous savez que Monsieur Félix Lokito a été l'amant de Micheline Kakoulouna ?

— Oui, j'avais appris qu'ils étaient ensemble, répondit Bienvenu Matumbu.

— Dans quelles circonstances avez-vous connu Félix Lokito ? Est-ce votre cousine qui vous l'a présenté ?

— Non, Micheline ne m'a pas présenté à Félix. Elle ne me parle jamais de sa vie privée. Félix, je l'avais croisé un soir à Bruxelles, à l'occasion d'un concert ou d'une fête, je ne m'en souviens plus très bien.

— Vous ne venez pas souvent à Thionville ?

— Non, je crois que depuis que Micheline s'est installée ici, je suis venu la voir deux fois, pas plus. C'est elle qui se déplace, qui vient le plus souvent nous rendre visite à Bruxelles, car elle a d'abord vécu en Belgique avant d'habiter en France.

— Vous étiez bien au courant que cette liaison entre Félix Lokito et votre cousine était une relation extraconjugale, que Félix Lokito était marié à Kinshasa ? interrogea Arnaud Mariotti.

— Oui, j'étais au courant de cette situation. C'est son frère qui m'en a parlé au téléphone, car je suis très ami avec son frère qui habite en région parisienne.

— Vous voulez parler du frère de Félix Lokito ?

— Oui, il s'appelle Hervé, Hervé Lokito.

— Nous l'avons informé de ce qui vient d'arriver à son grand frère, et il nous a dit qu'il viendrait à Thionville demain ou après-demain pour nous rencontrer, et aussi pour s'occuper les démarches nécessaires pour récupérer le corps à la morgue, dit Arnaud Mariotti.

— Monsieur, je suis vraiment très triste de ce qui vient d'arriver à Félix Lokito, même s'il n'était plus avec ma cousine Micheline, je pense que j'irai à la veillée mortuaire que son frère sans doute va organiser chez lui, car c'est avant tout un compatriote qui vient de mourir dans des circonstances dramatiques. Je me demande pourquoi quelqu'un l'a poignardé à mort. Je me souviens qu'en parlant un jour au téléphone avec son petit frère Hervé, celui-ci m'avait dit quelque chose que je peux vous révéler.

— Quoi ? À propos de la relation que Félix Lokito entretenait avec Micheline Kakoulouna ?

— Oui, il m'avait dit que son frère Félix avait une autre maîtresse ici à Thionville. Une maîtresse française.

— Vous en êtes sûr ?

— Oui, je me souviens qu'il m'avait dit quelque chose de ce genre.

— Vous vous souvenez du nom de cette femme ? demanda Arnaud Mariotti.

— C'est bon à savoir, nous allons enquêter pour comprendre si sa mort n'a pas de rapport avec cette liaison, ajouta Jean-Marc Balagot.

— Non, je ne me souviens pas de son nom ni de son prénom. Quand Hervé Lokito viendra à Thionville, il faudra lui poser la question. Il devrait en savoir plus que moi sur cette femme. Peut-être que Micheline la connaît aussi.

— Non, elle nous a dit qu'elle ignorait si Félix Lokito entretenait une relation avec une autre femme ici, à Thionville. En tout cas, si c'est vrai, elle n'a rien su, elle n'a jamais été au courant. Nous comptons bien interroger son frère quand il viendra nous voir demain ou après-demain au commissariat. Il va coopérer avec la police. Je ne crois pas à la thèse selon laquelle Félix Lokito était à la tête d'un réseau de trafic d'êtres humains, raison pour laquelle il aurait été assassiné à Thionville. Je pense que le problème est beaucoup plus simple, et il est vraisemblablement lié à sa vie privée, ou bien il a dû faire une mauvaise rencontre dans le parc Napoléon. Mais ce que vous venez de nous dire à l'instant est en train de me conforter dans notre enquête, expliqua Jean-Marc Balagot, tout en mettant fin à l'audition de Bienvenu Matumbu.

Balagot se dit qu'il avait bien fait d'arriver à l'improviste chez Micheline Kakoulouna avec un mandat du juge, et de tomber sur cette veillée mortuaire avec des tambourinements du tam-tam. L'audition de tous les participants à la veillée lui avait fourni des informations qui allaient peut-être accélérer son enquête sur le meurtre de Félix Lokito. Cette nuit blanche à Thionville valait donc la peine.

Les interrogatoires et la perquisition chez Micheline Kakoulouna prirent fin vers quatre heures et demie du matin. Les policiers fouillèrent les deux chambres de cet appartement, en inspectant les armoires qui s'y trouvaient, et en regardant sous les lits. On ouvrit les deux valises de Madame Kakoulouna, mais elles ne contenaient que des vêtements de marque portés par Micheline Kakoulouna lors des grandes sorties. Tous les couteaux de cuisine qui se trouvaient dans son appartement furent saisis par les policiers et emportés comme pièces à conviction, afin d'être envoyés au laboratoire pour rechercher d'éventuelles traces de sang. Balagot et son équipe emportèrent également un petit carton qui contenait plusieurs dossiers administratifs. Le passeport de Micheline Kakoulouna lui fut confisqué pour l'empêcher de quitter la France. Elle ne pouvait plus se rendre dans son pays pour aller enterrer son père. Cette perquisition affecta beaucoup Micheline Kakoulouna.

Balagot et son collègue Mariotti, tout comme les autres policiers avec lesquels ils étaient allés perquisitionner chez Madame Kakoulouna, avaient passé la nuit sur une corde à linge. Ils semblaient fatigués, avaient du mal à rassembler leurs idées. Jean-Marc Balagot et Arnaud Mariotti montèrent les escaliers pour se diriger dans le bureau du grand chef, le patron du commissariat de Thionville, aux sourcils broussailleux. Ce dernier leur lança :

— Alors, ça a donné quoi cette perquisition d'hier soir ? on m'a dit que vous avez passé une nuit blanche sur place ?

— Oui chef, aux sons des tam-tam, sourit Jean-Marc Balagot.

— Mais pourquoi ? C'est un château que vous êtes allés perquisitionner ou quoi ? Je crois savoir que cette femme vit dans un appartement. Alors pourquoi cette perquisition a-t-elle duré toute la nuit ?

— Chef, quand nous sommes arrivés hier soir chez Madame Kakoulouna pour la perquisition, nous sommes tombés sur une veillée.

— Pardon ?

— Il y avait une veillée mortuaire chez elle, avec un bruit des chants religieux accompagné de tam-tam, reprit Jean-Marc Balagot.

— Et qui a organisé cette veillée mortuaire ?

— Mais elle-même, Micheline Kakoulouna, car elle a perdu son père dans son pays, le Congo, c'est pourquoi elle a organisé une veillée mortuaire en invitant ses amies et les membres de sa famille qui vivent en France et en Belgique, afin d'honorer la mémoire de son père, tout en faisant un boucan pas possible.

— Mais vous l'avez faite cette perquisition ou pas ? interrogea Picart.

— Oui chef, nous l'avons faite, répondit Arnaud Mariotti.

— Et pendant la veillée mortuaire ?

— Disons que nous en avons profité pour interroger toutes les personnes qui se trouvaient dans l'appartement de Madame Kakoulouna, afin de savoir si elles connaissaient de près ou de loin Monsieur Félix Lokoto qui a été tué dans le parc Napoléon. On a fait d'une pierre deux coups, répondit Balagot.

— Donc, la perquisition n'a pas duré toute la nuit ?

— Non chef, ce sont par contre les auditions de toutes ces personnes présentes à la veillée qui ont duré presque toute la nuit. Ensuite, à la fin, nous avons procédé à la perquisition.

— Combien de gens étaient présents ?

— Au moins vingt personnes, répondit Arnaud Mariotti.

— Ils sont venus exprès à Thionville pour passer une nuit blanche chez cette femme à l'occasion d'une veillée mortuaire, en hommage à son père décédé au Congo ?

— Oui chef, elle nous a dit que c'est comme ça que les choses se passent en Afrique lorsqu'on perd un proche, et en général une veillée mortuaire dure une semaine, expliqua Balagot.

— Une semaine ! Mais ils n'ont rien d'autre à faire ces Africains que de passer autant de temps pour pleurer leurs morts ? Même chez nous, dans le temps, lorsqu'on organisait une veillée mortuaire on ne veillait pas pendant une semaine. Ça durait à peine deux à trois jours, et encore, si le corps du défunt était à la maison. Les Africains ont vraiment une autre notion du temps. Et quand on les traite de fainéants, ils disent qu'on est racistes, dit Gilbert Picart, avant de continuer : et qu'avez-vous appris des auditions de toutes ces personnes ?

— Chef, a priori rien, dit Arnaud Mariotti.

— Parmi tous les gens que vous avez questionnés, aucun ne connaissait vraiment l'homme qui a été tué ici à Thionville ?

— Presque aucun, ils étaient même surpris de savoir que Micheline Kakoulouna couchait avec un de leurs compatriotes qui vivait le plus clair de son temps en Afrique, au Congo, et qui était marié.

— Chef, Madame Kakoulouna n'était pas au courant de la mort de Félix Lokito. C'est nous qui lui avons appris l'assassinat de son ancien amant, précisa Jean-Marc Balagot, avant de continuer : elle était même choquée d'entendre la triste nouvelle.

— C'est peut-être elle qui a commandité ce meurtre. Il faut se méfier des femmes, car elles savent bien jouer le jeu de la manipulation, et se mettre à l'abri de tout soupçon.

— Il y a néanmoins quelqu'un qui était présent à cette veillée, et qui nous a révélé quelque chose que nous comptions bien examiner comme un début de piste. Je pense que c'est important à exploiter.

— De quoi s'agit-il ?

— C'est un type qui habite Bruxelles, un Congolais également qui est un cousin direct de Madame Kakoulouna. Il nous a affirmé qu'en plus de Micheline Kakoulouna, Félix Lokito avait une autre maîtresse ici à Thionville.

— Une maîtresse africaine ? Une femme qui est issue de leur communauté du Congo ?

— Non, c'est une blanche, une Française.

— Ah bon ! s'exclama le commissaire.

— Mais il ne nous a pas dit son nom ni donné son adresse.

— Il ne vous a même pas donné son prénom ? interrogea le commissaire Gilbert Picart. C'est un peu léger.

— Non chef. Par contre il nous a conseillé de nous entretenir avec le frère de la victime qui s'appelle Hervé, et qui devrait normalement arriver ici à Thionville, demain.

— Il ne devait pas venir aujourd'hui ?

— Non chef. Il nous a téléphoné ce matin pour décaler son voyage. Il vient finalement demain après-midi. Il viendra reconnaître le corps de son frère, et aussi faire des démarches pour récupérer son corps pour l'enterrer. Il passera par la même occasion ici au commissariat pour une audition. Son témoignage peut être capital. Il va sans doute nous révéler le nom de l'autre maîtresse de Félix Lokito qui vit ici à Thionville. Nous comptions également lui demander s'il savait que son frère se livrait à un trafic quelconque. Il a peut-être trahi ou escroqué ses complices, et c'est pourquoi ils lui ont réglé son compte en le poignardant à mort. Je pense sincèrement qu'il va faire avancer notre enquête.

— Madame Kakoulouna ne vous rien révélé ?

— Elle nous a confirmé à plusieurs reprises qu'elle n'avait plus aucune nouvelle de Félix Lokito. Qu'ils ne se sont plus téléphoné depuis leur séparation. Elle ne comprend pas ce qui est arrivé à Félix Lokito, ni pourquoi celui-ci est revenu à Thionville. Et pour dire vrai, je la crois un peu.

— Avez-vous trouvé des choses compromettantes chez elle ? interrogea le commissaire Picart.

— Nous avons récupéré tous ses couteaux de cuisine pour les envoyer au labo, dit Arnaud Mariotti.

— Et quoi d'autre ?

— Nous avons également pris tous les documents qu'elle rangeait dans un petit carton pour pouvoir les éplucher. Ils prouveront peut-être une fraude fiscale, répondit Arnaud Mariotti à son chef.

— J'ai noté les noms, prénoms et adresses de toutes les personnes que nous avons interrogées à la veillée, au cas où il faudrait toutes les convoquer pour un test ADN, ajouta Balagot.

— Pour le moment, l'empreinte digitale qui a été retrouvée sur le corps de Félix Lokito n'a rien donné. Le présumé coupable n'est pas fiché au sein de la police ni de la gendarmerie. Il n'a apparemment pas de casier judiciaire, dit le commissaire Picart.

— Chef, nous finirons par le coincer. Il suffit d'étudier d'autres pistes. Je pense sincèrement qu'il avait rendez-vous avec quelqu'un ici à Thionville, mais pas avec Madame Kakoulouna, son ancienne maîtresse.

— Eh bien ! Continuez à enquêter et retrouvez-moi cette personne qui l'attendait ici à Thionville.

— Je ne crois pas qu'il avait rendez-vous avec un homme de couleur, avança Balagot.

— Vous pensez qu'il avait rendez-vous avec qui ? Avec un Arabe, un Chinois ?

— Chef, il n'y a pas beaucoup de Chinois à Thionville, et c'est une communauté très fermée. Ils vivent entre eux, et ils n'aiment pas trop se mélanger avec les autres races.

— Détrompez-vous Balagot, ils commencent à en arriver de plus en plus à Thionville, et ils s'ouvrent maintenant à d'autres communautés.

— Ils n'ont pas le choix chef, et ils le font sournoisement, car ils sont convaincus que la Chine va bientôt dominer le monde, expliqua Arnaud Mariotti.

— Arnaud, il ne faut pas oublier que nous les Occidentaux nous avons fait pareil lorsque nous sommes allés conquérir d'autres continents. Nous avons d'abord créé des alliances avec des chefs traditionnels africains et indiens, avant de leur faire la guerre, de les dominer, de les coloniser et ensuite de piller toutes leurs richesses.

— Arrêtez un peu vos leçons de morale Balagot. Il ne faut jamais oublier que les colons n'ont pas fait que de choses mauvaises vis-à-vis de ces peuples et pays que nous sommes allés coloniser. Ils ont construit des routes, des écoles et des hôpitaux. Bon ! Où en êtes-vous sur l'enquête concernant Madame Papin ? demanda le commissaire.

— Nous allons interroger son amant qui habite à Luxembourg.

— Il viendra à Thionville pour être entendu ?

— Non chef, nous irons l'auditionner sur place avec Arnaud.

— Chez lui ?

— Non, au poste de police situé rue Poutty Stein, non loin de son habitation, dans le quartier de Kirchberg, à Luxembourg.

Balagot et Mariotti, épuisés, après une nuit sans sommeil, quittèrent le bureau de leur chef, puis prirent congé l'un de l'autre.

Jean-Marc Balagot avait prévu de rentrer chez lui à midi pour manger et faire une petite sieste. Au moment de quitter le commissariat et de marcher tranquillement pour retrouver ses pénates, il entendit son téléphone portable sonner. C'était Sandrine, la journaliste du Républicain Lorrain au bout du fil. Elle tint d'abord à le remercier pour le cadeau que Jean-Marc lui avait envoyé par la poste.

— Bonjour Jean-Marc.

— Bonjour Sandrine.

— Tu sais, ton cadeau m'a beaucoup touchée. Je ne sais pas comment te remercier. J'avais en plus prévu d'aller acheter une toile pour commencer à dessiner une nature morte. Vraiment ton geste tombe à pic. Je penserai à toi lorsque je peindrai.

— Tu as de l'inspiration en ce moment ?

— Oh, pour la peinture, quel que soit le temps, j'ai toujours de l'inspiration. Le problème est que je travaille comme journaliste, c'est le métier que j'ai choisi, sinon, sans ça, je consacrerais tout mon temps à la peinture. Je deviendrai peut-être riche en vendant mes tableaux dans les grandes galeries ou musées de Paris !

— Mais pourquoi tu n'abandonnes pas ton travail de journaliste pour devenir artiste peintre à plein temps ?

— Non Jean-Marc, je parle comme ça, mais je connais mes limites. Je ne pense pas être assez douée pour ne faire que cela.

— Je pense que tu te sous-estimes Sandrine. Tu as peur d'essuyer des rebuffades.

— Peut-être. Tu sais, j'ai montré mes tableaux à un grand peintre, qui m'a dit clairement qu'ils ne sont pas géniaux, qu'ils manquaient d'originalité, et que je ne serai jamais une grande artiste peintre. Il était direct et sévère dans son jugement. Il m'a même traitée de rapine, alors que moi j'attendais qu'il me donne des conseils. Je n'ai jamais eu la prétention de devenir un jour comme Picasso ou Matisse, voire comme Auguste Renoir qui est mon maître en peinture.

— Ça veut dire quoi rapin ?

— Un rapin, c'est un apprenti peintre, si tu veux, un peintre bohème au talent douteux, qui peint comme un pied.

— Je trouve ses critiques dures à ton égard.

— Moi aussi, je pense qu'il n'aime pas mes tableaux.

— Il faut que tu les montres à un autre grand peintre qui te donnera peut-être un avis différent, ou qui te conseillera une autre manière de manier les pinceaux.

— Tu as raison Jean-Marc.

— Que pense ton mari de ta peinture ?

— Oh ! Lui, l'art en général ça ne l'intéresse pas beaucoup. Il passe son temps devant l'écran d'ordinateur. C'est un geek. Tu sais, je n'ose pas trop lui demander son avis. Je me demande parfois pourquoi je l'ai épousé.

— Moi, je te donnerai mon avis quand tu le voudras, mais il faut que tu me montres tes tableaux.

— Tu es gentil Jean-Marc, je te montrerai d'abord mes palimpsestes.

— C'est quoi les palimpsestes ?

— C'est une peinture qui est peinte sur un tableau de peinture qui existe déjà. Jean-Marc, je voulais te dire que je compte écrire un nouvel article dans le journal concernant l'Africain qui a été poignardé à mort dans le parc Napoléon, et j'ai besoin d'en savoir un peu plus sur lui et sur l'enquête. Est-ce que je peux passer au commissariat ?

— Mais pas avant quinze heures trente.

— Tu n'es pas au commissariat ? Tu es en train de déjeuner ?

— Je suis en train de marcher pour aller manger.

— Tu es seul ?

— Oui.

— Je peux venir déjeuner avec toi si tu veux, je prendrai en même temps des notes pour mon article.

— Mais je ne vais pas manger au restaurant.

— Où vas-tu déjeuner ?

— Chez moi, à la maison, et en profiter pour faire une petite sieste. La nuit a été plutôt mouvementée.

— Jean-Marc, si tu veux, je peux venir déjeuner avec toi à la maison.

— Ok ! Pour toi, je veux bien sacrifier une sieste. Je mets des pizzas au four, ça te va ?

— Oui, j'adore les pizzas.

— Tu sais où j'habite, tu as mon adresse ?

— Elle est marquée sur ta carte de visite ! Je saute dans ma voiture et je suis chez toi dans dix minutes.

— Ok ! Je t'attends à la maison.

La journaliste du Républicain Lorrain Sandrine Zagler était mariée depuis une dizaine d'années, et avait une petite fille. Son époux, Thomas Zagler travaillait dans une agence immobilière de Thionville qui proposaient des appartements à des tarifs prohibitifs. Leur couple gagnait bien sa vie et faisait partie de la classe moyenne, cette classe intermédiaire qui est en train de disparaître petit à petit en France.

Sandrine apporta un dessert. Un gâteau aux amandes, fourré de crème fraîche.

— Il ne fallait pas apporter de dessert. J'ai beaucoup de fruits et de yaourts dans le frigo.

— On va changer un peu.

— Tu risques de me faire grossir avec ça.

— Il te suffit de faire un peu de sport tous les jours pour perdre du poids. Tu marches tous les matins pour aller travailler ?

— Oui, mais le commissariat ne se trouve pas trop loin d'ici, et je ne suis pas gros.

— Non, tu as une taille normale. T'as à peu près la même taille que mon mari.

— Je le prends pour un compliment.

— Tu le prends comme tu veux.

Sandrine Zagler portait la même robe que la dernière fois où ils avaient bu un verre ensemble, place Anne Grommerch. Elle était sexy avec sa poitrine voluptueuse et ses lèvres pulpeuses. Jean-Marc Balagot, qui avait déjà préparé la table, mit les pizzas au four. Il déboucha une bouteille de vin moelleux qu'il servit à Sandrine. Celle-ci, en s'asseyant dans le fauteuil, dit tout le bien qu'elle pensait des deux tableaux accrochés aux murs du salon.

— Ce sont des Picasso ?

— Oui, mais des faux.

— Je le sais, tu n'es pas millionnaire pour t'offrir un Picasso ! Et en ce moment, le marché de l'art ne cesse de grimper. Et ce sont les plus riches, les millionnaires, voire les milliardaires qui investissent beaucoup dans l'art.

— Ils investissent également dans la bourse pour gagner encore plus.

— Mais ça ils l'ont toujours fait depuis que la bourse existe, et ce n'est pas demain que ça va changer.

— Tous ces gens ont bâti leur fortune de façon pas très honnête.

— Jean-Marc, tu m'excuses, mais là tu raisonnes comme si tu étais en train de découvrir comment fonctionne le monde. Les milliardaires qui ont gagné leur argent honnêtement ça n'existe pas. Et nous sommes tous les deux biens placés pour le savoir.

— Tu as raison. Attends, je sors les pizzas du four. Je crois qu'elles sont cuites. On va passer à table.

— Est-ce qu'il y a du nouveau concernant votre enquête sur l'Africain qui a été tué au parc Napoléon ?

— Sandrine, il faut maintenant mettre un nom sur cette personne.

— Je sais qu'il a un nom, mais pour le journal c'est plus accrocheur de mettre à la Une « Un Africain poignardé à

Thionville » plutôt que d'écrire Monsieur Untel tué dans un parc de Thionville, et de raconter toute sa vie.

— Je reconnais que c'est de cette façon que travaillent les journaux pour vendre du papier. La presse est friande du malheur des gens.

— Même les chaînes de télévision commencent leurs journaux télévisés de vingt heures par les malheurs qui se déroulent dans le monde. De nos jours, quand on cherche à plaire à un large public, il faut se baser sur la forme et non pas sur le fond. On s'en fout qu'il y ait des milliers de morts quelque part. Les médias cherchent avant tout à faire du sensationnel avec le drame que vit tout un pays ou une région, en envoyant sur place leurs envoyés spéciaux pour couvrir l'événement. Quitte à le passer en boucle à la télé. C'est malheureusement le monde d'aujourd'hui, et on n'y peut rien, rétorqua Sandrine.

— Le type qui a été poignardé dans le parc Napoléon s'appelle Félix Lokito. Nous recherchons toujours la personne qui l'a tué, et le mobile du crime.

— Mais que donne votre enquête de routine ?

— Nous avançons un peu à l'aveuglette, car on ne sait pas qui a pu le tuer. C'était un homme qui avait des attaches ici à Thionville. Il fréquentait une Africaine de cinquante-deux ans, c'est-à-dire, plus âgée que lui. Elle n'était d'ailleurs que sa maîtresse, car le mec était marié et avait des enfants. Il vivait en Afrique, à Kinshasa, en République Démocratique du Congo. Il venait une ou deux fois par an en France pour des raisons professionnelles, et pour y voir sa maîtresse. Il avait de la famille en région parisienne et des amis à Bruxelles. Ils avaient rompu tous les deux peu avant sa mort, je veux dire avec sa maîtresse qui vit ici à Thionville. C'est la femme qui avait pris la décision de rompre. Ils n'avaient donc plus de contacts depuis leur rupture. Par contre, Lokito était recherché par la police, par notre commissariat.

— Et pour quelles raisons vous le recherchiez ?

— Il avait fait rentrer sur notre territoire et de façon illégale une jeune fille mineure avec de faux papiers. Il l'avait ensuite abandonnée à la gare de Thionville, avant qu'elle ne vienne se présenter au commissariat pour nous demander de l'aide. Nous avons contacté la juge des enfants, qui a reconnu sa minorité, et l'a placée dans un foyer de Metz qui accueille des mineurs étrangers isolés. C'est la raison pour laquelle nous avions lancé un mandat d'arrêt contre Félix Lokoto pour pouvoir l'entendre et le traduire en justice. Mais malheureusement, il ne pourra plus répondre à nos questions, à savoir s'il faisait du trafic d'êtres humains entre la RDC et la France.

— Ils partent d'où exactement ces migrants avant d'arriver en Europe ? demanda la journaliste.

— Ils se réunissent d'abord à Casablanca, au Maroc, ou à Tripoli, en Libye, avant de prendre le bateau pour gagner les îles Canaries, en Espagne, ou rejoindre l'île de Lampedusa, en Italie.

— Mais leur périple commence bien en Afrique noire ?

— Oui, la plupart de ces clandestins prêts à voyager coûte que coûte en Europe viennent d'Afrique noire. Par exemple, beaucoup de migrants ivoiriens sont originaires de la ville d'Odienné, ou d'Abidjan, la capitale de la Côte-d'Ivoire. Ils traversent d'abord le pays qu'on appelle le Burkina Faso, avant d'arriver au Niger, dans la ville de Niamey, qui est la capitale du Niger, et dans la ville d'Agadez, toujours au Niger. Ensuite, ils rentrent en Algérie, et plus précisément dans la ville de Tamanrasset, et de là, ils vont soit au Maroc, soit en Libye pour tenter leur aventure en mer. Il y a aussi des Congolais de la RDC, qui eux, en quittant la ville de Kinshasa, traversent le fleuve Congo pour rejoindre Brazzaville, qui est la capitale de la République du Congo, car il faut savoir qu'il y a deux pays en Afrique qui portent le nom Congo. Ils passent ensuite par le Cameroun, le Nigeria, le Niger et l'Algérie, avant d'atteindre le Maroc ou la Libye. Là, leur périple les conduit d'abord dans la ville de Sebat, avant d'arriver dans la capitale, Tripoli. Tu vois, Félix Lokito était Congolais, c'est peut-être ce chemin que la jeune fille a emprunté. Certains voyagent cinq à six mois pour atteindre l'Europe, des mois de périple à travers le désert, puis sur l'océan. Ceux qui n'arrivent pas à entrer en Europe par l'enclave espagnole de Mililla, sont refoulés par les autorités marocaines vers la frontière algérienne, ou vers la ville de Fès. Et quand les Algériens ne veulent plus d'eux, ils les expulsent à la frontière avec le Mali, dans un endroit qui s'appelle Tinza, en plein désert, expliqua Jean-Marc Balagot.

Sandrine l'écoutait attentivement et ajouta.

— Ce qu'on voit actuellement en Libye et au sud du Maroc où des migrants originaires d'Afrique noire sont entassés dans des centres et exploités, ou qui traînent dans le désert avant d'embarquer dans des bateaux de fortune pour gagner l'Europe, n'est que la face visible. C'est vraiment une détresse quand on voit ces images. Ces gens vivent tellement dans la misère qu'ils font tout pour quitter l'Afrique.

— Tu sais, en réalité, le trafic d'êtres humains est une nouvelle forme d'esclavagisme. Ainsi, beaucoup de migrants africains sont exploités, meurent dans le désert où ils sont abandonnés par des passeurs, mais également en mer. On peut dire que la mer méditerranée est d'ailleurs devenue un cimetière pour des milliers d'Africains. Beaucoup de ceux qui embarquent pour traverser la mer dans des bateaux de fortune se noient dans les eaux, tandis que d'autres meurent asphyxiés, car c'est un voyage périlleux qu'ils font à travers ces embarcations de fortune. Des gens meurent chaque jour dans des conditions inhumaines. Les passeurs de migrants sont tenus pour responsables de la mort de ces pauvres gens, mais il est souvent difficile de les poursuivre en justice. Les migrants chanceux sont parfois secourus en mer par des gardes-côtes italiens ou par des bateaux des ONG. Tout ceci est dû à l'instabilité en Afrique, qui est source d'immigration pour beaucoup de jeunes Africains. La guerre et la misère sont en grande partie responsables de l'exode vers l'Europe. Ces pays manquent de stabilité, d'emploi et de sécurité. Les jeunes qui partent ne participent pas à la construction de leur nation, alors que l'Afrique est riche en ressources minières.

— Jean-Marc, revenons s'il te plaît à l'enquête concernant la mort de Félix Lokito.

— Aujourd'hui, la question qui nous taraude, et que nous cherchons à élucider avant tout, c'est : qu'est-ce que Félix Lokito est venu chercher à Thionville, alors qu'ils n'étaient plus ensemble avec sa maîtresse, Micheline Kakoulouna ? Et en plus, il était recherché par la police.

— Peut-être qu'il voulait de lui-même se présenter au commissariat ?

— Si c'était le cas, il nous aurait prévenus, passé un coup de fil, ce qu'il n'a jamais fait depuis que nous l'avons convoqué et que nous avons lancé un mandat d'arrêt contre lui.

— Mais vous lui avez envoyé la convocation à quelle adresse ? À celle de son ancienne maîtresse ?

— Non, à celle où habite son frère, dans la région parisienne.

— Et comment avez-vous eu son adresse ? interrogea Sandrine Zagler.

— C'est son ex-maîtresse Madame Kakoulouna, qui nous l'avait donnée lorsque nous le recherchions.

— Tu m'as dit qu'elle était originaire du Congo ?

— Oui, elle est originaire de la RDC, mais elle habitait en Belgique avant de venir s'installer à Thionville.

— Tu sais pourquoi elle a quitté la Belgique ?

— Elle est partie de Bruxelles après son divorce.
— Où vit-elle à Thionville ?
— Elle n'habite pas très loin d'ici, derrière le lycée de la Briquerie.
— Elle a des enfants ? demanda la journaliste.
— Elle est seule.
— Savez-vous si elle a quelque chose à voir avec le meurtre de son ancien amant ?
— Nous l'avons bien sûr interrogée et nous avons perquisitionné chez elle, mais je pense qu'elle n'a rien à voir dans la mort de Félix Lokito.
— Qui donc a tué cet homme ? A-t-il fait une mauvaise rencontre à Thionville ?
— Je ne crois pas. Je pense au contraire qu'il connaissait bien son assassin. Et s'il est revenu à Thionville, c'est qu'il avait une raison. Il avait sans doute rendez-vous avec quelqu'un. Madame Kakoulouna nous a confirmé qu'il n'avait pas rendez-vous avec elle.
— Avez-vous vérifié ses appels téléphoniques ?
— Oui, mais cette piste n'a rien donné. Elle ne l'a jamais appelé depuis leur rupture, et lui non plus.
— Moi je dis qu'il y a un mystère dans cette affaire.
— Sandrine, je ne crois pas qu'il ait un mystère. Il y a juste quelque chose qui nous échappe pour l'instant, et que l'enquête dévoilera un jour. Nous avons une autre piste qui nous a été indiquée, et que nous allons exploiter.
— Laquelle ? Tu peux m'en dire un mot, ça me permettra d'alimenter mon article.
— Non, je te le dirai lorsque nous l'aurons approfondie. Quand nous aurons bien avancé.
— Dès que vous connaîtrez le ou les assassins ?
— Oui, répondit Jean-Marc Balagot.
— Et il y aura tout de suite un procès à Thionville ?
— Non, c'est le parquet de Metz qui prendra le relais.
— Pourquoi Metz ?

— Parce qu'il s'agit d'une affaire de meurtre, et en matière de meurtre, le procès dépend automatiquement de la Cour d'assises de la Moselle, qui se trouve à Metz.

— Ah oui, c'est vrai, j'avais complètement oublié.

— En tout cas, la personne qui a commis ce crime est un véritable salaud, dit Jean-Marc Balagot, avant de commencer à débarrasser la table et à couper le gâteau.

Après avoir mangé le dessert, Jean-Marc Balagot alla dans la cuisine préparer le café. Sandrine vint le rejoindre, et tint à boire le café sur place, en restant debout. Jean-Marc Balagot mit la cafetière en marche. En attendant que le café soit prêt, Sandrine se pencha vers la fenêtre de la cuisine pour admirer la beauté des platanes alignés tout le long de l'avenue de Guise, et entendre les oiseaux gazouiller. Jean-Marc Balagot s'approcha tout près d'elle, en s'appuyant contre son dos, et lui fit un câlin. Elle ne s'y opposa pas, au contraire, elle se retourna pour échanger un regard de tendresse avec l'officier de police. Elle caressa sa barbe de trois jours, accueillit tendrement son baiser sur la bouche.

Jean-Marc Balagot ferma le rideau de la fenêtre, en laissant tout juste une petite lumière du jour s'infiltrer dans la cuisine. Sandrine déboutonna la chemise de Jean-Marc Balagot au moment où celui-ci lui caressait le dos. Elle s'agenouilla pour lui faire une fellation. Jean-Marc Balagot la retourna, et lui souleva la robe. La journaliste se pencha contre la fenêtre de la cuisine pour que Jean-Marc Balagot puisse la pénétrer, après lui avoir caressé les seins. On voyait bien qu'elle était callipyge. Il entra en elle. Les deux êtres étaient en extase. Sandrine jouit la première, suivie de Jean-Marc Balagot, qui au moment d'éjaculer, cria fort. Il tint à vider son liquide séminal dans le vagin de la journaliste.

Ils burent ensuite leur café avant que Sandrine Zagler ne retourne à son travail, et écrive son article sur la mort de

Félix Lokito. Le roussin de Thionville Jean-Marc Balagot regagna le commissariat avec plusieurs minutes de retard.

Si nous étions dans les secrets d'alcôve, nous aurions pu voir, le soir même, comment le mari de la journaliste, Monsieur Zagler, qui ignorait que sa femme avait été baisée dans la journée, allait lui faire l'amour, et déposer à son tour son sperme en elle. Au cas où Sandrine se trouverait en période d'ovulation, nul ne saurait qui était le père biologique de l'enfant. Mais Dieu seul connaîtrait la vérité, et c'est mieux ainsi.

Hervé Lokito avait pris sa voiture pour venir jusqu'à Thionville, en compagnie de son épouse, de son cousin et de la femme de celui-ci. Il avait emprunté la nationale 4, ensuite bifurqué sur une route départementale pour atteindre Thionville, car il n'aimait pas trop rouler sur l'autoroute. Il avait physiquement la même taille que son défunt frère Félix, portait un gros pull à col roulé, un manteau et des gants. Sa femme qui marchait à ses côtés avait de longs cheveux flottant sur ses épaules. Des rajouts. Elle était également vêtue d'un épais manteau et d'une écharpe, comme le couple qui les accompagnait. Il faisait très froid en région parisienne lorsqu'ils quittèrent leur domicile de Sartrouville, dans les Hauts-de-Seine. Le couple s'était formé à Kinshasa, en RDC. Hervé Lokito avait fait ses études supérieures en France, dans une école d'ingénieur, et travaillait en tant que chef de projet dans une entreprise de maintenance à Paris. Quant à son épouse, elle avait étudié le droit avant d'être embauchée à la Mairie de Nanterre. Le couple retournait rarement au Congo. Et quand ils y allaient, ils emmenaient leurs deux enfants pour qu'ils découvrent la terre natale de leurs parents. Son cousin travaillait dans la restauration, comme l'épouse de celui-ci, qui était également originaire du Congo-Kinshasa. Ils avaient trois enfants, tous nés en France, et qui ignoraient tout de l'Afrique.

L'Afrique résonne très peu ou pas du tout dans la tête des jeunes noirs nés sur le sol français, voire européen, et qu'on appelle les Afropéens. Ils la connaissent mal ou ne souhaitent pas la connaître. Ses mystères leur font peur. Quant à la misère de sa population, ils ne veulent pas la voir, pas plus qu'ils ne veulent entendre parler de ses guerres civiles à répétition. Ils ignorent son histoire et sa géographie. Ils ne rêvent pas de découvrir la richesse de ses traditions et de ses langues. Ils oublient parfois que l'Afrique est le berceau de l'humanité, et qu'elle a vu naître sur son sol la première grande civilisation du monde : l'Egypte. L'Afrique est loin de leur préoccupation, comme elle l'est également pour des Blancs qui rêvent de la coloniser à nouveau. L'Afrique est seule et abandonnée ; et seuls ses dignes fils et filles qui sont nés et ont grandi sur sa terre pourraient un jour la sauver. Ils la connaissent en profondeur et respectent ses traditions. Tous ceux et toutes celles qui ont appris à communiquer avec l'esprit des aïeux (*les mbûlas*), ainsi que celui des dieux protecteurs (*Nzambi-ya-mpungu et Nkoué-Mbali...*)

En arrivant à la morgue municipale de Thionville pour reconnaître le corps de son frère et signer des documents, Hervé Lokito et son cousin versèrent des larmes, tandis que les épouses respectives pleuraient à gorge déployée, presque hystériques. Elles étaient inconsolables.

Hervé Lokito et sa femme, ainsi que son cousin et sa propre femme se dirigèrent cette fois au commissariat de Thionville pour y rencontrer l'officier Balagot et son collègue Mariotti. On les conduisit directement dans leur bureau.

— Bonjour, je suis le capitaine Jean-Marc Balagot avec qui vous avez parlé au téléphone, et je vous présente mon collègue, Arnaud Mariotti.

— Bonjour messieurs, dit Hervé Lokito après qu'ils aient été invités tous les quatre à prendre place.

— Avez-vous fait bonne route depuis Paris ?

— Oui, j'ai pris la nationale, je n'aime pas rouler sur l'autoroute.

— Nous on était prêts à venir vous chercher à la gare si vous aviez fait le voyage en train, en TGV. On vous remercie d'être venus pour répondre à nos questions suite à la mort de votre frère Félix Lokito, dit Jean-Marc Balagot.

— Mon frère est décédé dans des conditions tragiques que je n'arrive toujours pas à comprendre. Je veux savoir pourquoi et dans quelles circonstances cela a pu arriver. Qui est-ce qui a pu lui faire ça et pourquoi ? Mon frère Félix avait forcément des ennemis, des gens qui ne l'aimaient pas beaucoup, mais c'était plus à Kinshasa, au Congo où il habitait et non pas ici en France, et encore moins à Thionville. Notre famille ne comprend pas. Nous sommes tous choqués. La femme, la maîtresse avec qui il avait une liaison et qui vit ici, avait décidé de rompre avec lui. Je me demande pourquoi il est revenu à Thionville pour y trouver la mort de façon atroce. C'est en Afrique, au Congo qu'une telle chose aurait pu lui arriver, mais pas en France où il ne venait qu'occasionnellement. Il n'y venait que deux ou trois fois dans l'année pour des raisons professionnelles. Son travail de producteur de musique l'obligeait de temps à autre à accompagner des musiciens qui venaient donner des concerts ici en France ou en Belgique, parfois en Suisse ou en Angleterre, dit Hervé Lokito, en continuant à avoir des larmes, tout comme ses compagnons africains.

— C'est ce que nous cherchons à déterminer. Nous allons vous poser des questions précises, et nous attendons de vous des réponses claires pour faire avancer notre enquête.

— Je serai clair et précis dans mes réponses pour aider la police.

— Vous êtes venus directement à notre commissariat ou êtes-vous d'abord passés à la morgue pour reconnaître le corps de votre frère ?

— Nous sommes d'abord passés à la morgue.

— Donc, il s'agit bien de votre frère Félix ?

— Oui, c'est lui.

— Bien. Lorsque votre frère Félix venait en France en tant que producteur de musique, il logeait chez vous ?

— Oui, mais il lui arrivait parfois d'aller vivre chez mon cousin qui est ici présent.

— Où ? Dans quelle ville ?

— Dans la ville de Blanc-Mesnil.

— Elle se trouve où ?

— Dans la région parisienne, en Seine-Saint-Denis, répondit celui-ci.

— Vous nous avez parlé de votre travail ainsi que celui de votre femme. Quand votre frère Félix venait en France pour une tournée avec les musiciens dont il s'occupait, vous est-il arrivé de l'accompagner dans ses déplacements ?

— Non, jamais, répondit Hervé Lokito, et mon cousin non plus.

— Êtes-vous déjà venu à Thionville ?

— Non, c'est la première fois que je mets les pieds ici.

— Connaissez-vous Madame Kakoulouna qui est originaire de la RDC, qui vit ici à Thionville, et qui a été durant quatre ans la maîtresse de votre frère Félix ? demanda Arnaud Mariotti.

— Oui, je la connais.

— Est-ce que vous l'avez déjà rencontrée ? insista Arnaud Mariotti.

— Je ne l'ai vue qu'une seule fois.

— Où l'avez-vous rencontrée ?

— C'était chez moi, à Sartrouville. Mon frère avait passé trois semaines chez elle ici à Thionville, et avant de retourner au pays, il avait tenu à me la présenter, dit Hervé Lokito.

— Il n'y a jamais eu d'autres occasions ?

— Non, répondit Hervé Lokito, avant d'ajouter : mon cousin ne l'a jamais rencontrée.

— Comment étaient vos rapports avec elle ?

— Je savais qu'elle n'était comme on dit en Afrique qu'un deuxième bureau, c'est-à-dire, la deuxième maîtresse de mon frère, car Félix avait aussi une autre maîtresse au pays, à Kinshasa. Je n'avais pas particulièrement de très bons rapports avec elle. Je ne lui ai jamais parlé au téléphone. Même lorsque vous m'avez annoncé la mort de mon frère Félix, je n'ai pas osé l'appeler.

— Pourquoi ? Vous ne l'aimez pas ? demanda Mariotti.

— Parce que mon frère était un homme marié, et qu'il avait déjà une maîtresse au Congo.

— Vous auriez peut-être dû conseiller à votre frère Félix de ne pas fréquenter Madame Kakoulouna ?

— Je ne me suis jamais mêlé de la vie privée de mon frère. Félix était un homme à femmes, c'était son point faible. Micheline n'apportait que du désordre dans la vie de mon frère, et en plus elle est plus âgée que lui. J'aurais aimé qu'elle ait un amant de son âge, ou plus âgé qu'elle. Je pense qu'elle considérait mon frère Félix comme un gigolo, répondit Hervé Lokito.

— Savez-vous combien de maîtresses avait votre frère en France, en dehors de Madame Micheline Kakoulouna ?

— Honnêtement, je ne sais pas, car il m'en parlait rarement, de même à mon cousin. Je sais seulement qu'il entretenait une relation avec une autre femme à Paris, une femme mariée. Une Congolaise de Brazzaville, mais je sais aussi qu'il avait parfois des relations avec des Françaises.

— Connaissez-vous les raisons de la rupture avec Madame Kakoulouna ?

— Non, je n'en sais rien. Il m'avait juste dit que c'était fini entre eux.

— D'après vous, pourquoi votre frère Félix est-il revenu à Thionville ? Avait-il rendez-vous avec quelqu'un ?

— S'il est revenu à Thionville, c'est qu'il avait ses raisons, mais je ne peux pas vous dire lesquelles, car je ne les connais pas. Peut-être qu'il voulait se réconcilier avec Micheline ?

— Non, Madame Kakoulouna est claire sur ce point, il n'était pas question de se réconcilier avec votre frère, et ce n'est pas avec elle que Félix avait rendez-vous ici à Thionville. Ils n'avaient plus eu de contacts depuis leur séparation. Nous avons vérifié ses appels téléphoniques et les choses sont précises, ils ne se sont plus jamais appelés depuis leur rupture.

— Il y a forcément une raison pour qu'il soit revenu à Thionville. Quelqu'un lui a tendu un piège.

— Monsieur Lokito, nous avons soupçonné votre frère de se livrer à un trafic de clandestins en faisant rentrer illégalement des personnes mineures ou majeures en France, pour quelles soient prises en charge par nos services sociaux, ou y déposer une demande d'asile.

— J'étais au courant de ces magouilles, mais contrairement à d'autres producteurs de musique en RDC, mon frère ne tirait pas de profit en faisant rentrer des musiciens en France ou en Belgique. Il emmenait une ou deux personnes lors de ses voyages, pas plus, et ces personnes ne retournaient plus au Congo. Mon frère Félix donnait un coup de main à des compatriotes talentueux en difficulté qui rêvaient de voyager en Europe pour fuir la misère du Congo.

— Êtes-vous vraiment sûr qu'il ne le faisait pas à titre commercial, lucratif ?

— Non Monsieur, je connaissais mon frère, et je peux vous certifier qu'il ne le faisait pas pour gagner de l'argent. Il y avait certainement des gens qui lui remettaient un peu d'argent, je ne le nie pas, mais il n'en tirait pas vraiment un gros profit contrairement à d'autres producteurs ou grands musiciens congolais, qui eux, en font un véritable fonds de commerce, et certains ont même été arrêtés et condamnés en France et en Belgique, comme c'est le cas du grand chanteur Papa Wemba.

— De quoi vivait votre frère à Kinshasa ?

— Il gagnait sa vie comme producteur et avait quelques affaires dans le commerce à Kinshasa.

— Monsieur Lokito, pouvez-vous nous confirmer qu'à part Micheline Kakoulouna, votre frère Félix avait une autre maîtresse ici à Thionville ? Quand nous avons interrogé un certain Bienvenu Matumbu, il nous a dit que votre frère Félix entretenait une relation avec une autre femme ici à Thionville.

— Ah ! Bienvenu, mais il vit en Belgique... dit Hervé Lokito.

— Oui, c'est ce qu'il nous a confirmé quand nous l'avons auditionné lors de la veillée qui s'est tenue chez Madame Kakoulouna.

— Quoi ? Cette femme a organisé une veillée en la mémoire de mon frère Félix sans m'en parler, sans nous demander l'autorisation ? Elle n'avait pas à faire une veillée vu qu'ils n'étaient plus ensemble.

— Non, la veillée mortuaire qu'elle a organisée chez elle n'était pas pour pleurer la mémoire de votre frère Félix.

— Alors pourquoi a-t-elle organisé une veillée mortuaire ?

— Elle l'a organisée en la mémoire de son père qui est décédé au Congo.

— Quoi ! Son père est mort au pays ?

— Oui, c'est ce qu'elle nous a dit, et c'est la raison pour laquelle nous avons interrogé toutes les personnes qui étaient rassemblées chez elle, dans le cadre de notre enquête concernant la mort de votre frère Félix. On voulait savoir si parmi eux se cachait l'assassin de votre frère. Nous avons reçu un mandat du juge pour aller perquisitionner chez elle, et nous sommes tombés sur la veillée mortuaire.

— Et Bienvenu était là ?

— Oui, il était présent, il paraît qu'ils sont cousins, dit Jean-Marc Balagot.

— Je confirme, il est le cousin direct de Micheline.

— Il nous a affirmé qu'un jour, au téléphone, vous lui avez indiqué le nom ou le prénom d'une autre maîtresse de votre frère Félix qui habite ici à Thionville.

— Je me souviens d'en avoir parlé avec lui, mais je ne pense pas lui avoir dit le nom de famille de la maîtresse en question.

— Vous vous souvenez de son prénom peut-être, ça pourrait nous aider dans notre enquête, l'encouragea Jean-Marc Balagot.

— Je sais qu'un soir Félix m'avait mis dans la confidence comme quoi il voyait une autre femme quand il venait à Thionville pour voir Micheline. Mais cette dame n'est pas Africaine. Je crois qu'il m'avait avoué que c'était une Française, une blanche.

— Peu importe pour nous la couleur de peau, on veut connaître son identité, son nom ou son prénom.

— Oui, je me souviens maintenant de ce qu'il m'avait dit à propos de son prénom et de sa profession.

— Alors, quels sont le prénom et la profession ?

— Il m'avait dit, si ma mémoire est bonne, qu'elle se prénommait Adèle, et qu'elle enseignait dans une école primaire de Thionville.

— Vous en êtes sûr ?

— Oui, c'est cela, Adèle. J'ai d'ailleurs pensé à elle quand vous m'avez annoncé la triste nouvelle de l'assassinat de Félix, mais je ne lui ai jamais parlé au téléphone ni vu d'ailleurs.

— Monsieur Lokito, nous vous remercions. Nous allons pouvoir continuer notre enquête et essayer de retrouver cette Adèle.

— Encore une dernière question, pourquoi n'avez-vous jamais téléphoné à Madame Kakoulouna lorsque qu'on vous a annoncé la mort de votre frère ? demanda Arnaud Mariotti.

— Je n'ai jamais porté cette femme dans mon cœur, dit Hervé Lokito.

— Vous ne la soupçonnez pas d'être une meurtrière, ou d'avoir commandité l'assassinat de votre frère Félix ?

— Non, je ne crois pas qu'elle soit un assassin, ou qu'elle ait payé quelqu'un pour tuer mon frère. Moi, je vous fais confiance. Je fais confiance à la police pour retrouver et arrêter le meurtrier de mon frère Félix. Je souhaite qu'il soit lourdement condamné.

— Quand prévoyez-vous de récupérer le corps à la morgue ?

— Je vais d'abord rentrer chez moi à Sartrouville, et organiser une veillée mortuaire en hommage à mon frère aîné, et ensuite nous reviendrons ici pour récupérer sa dépouille et la rapatrier directement au Congo, à Kinshasa, pour qu'il soit enterré dans le cimetière où reposent nos deux parents.

Nous étions à la veille de Noël, et ce jour-là, Jean-Marc Balagot avait décidé de se rendre au centre commercial les Capucins, situé à quelques minutes à peine de son lieu de travail, en plein centre-ville de Thionville, pour acheter des cadeaux de Noël. Des cadeaux pour ses deux filles, pour ses parents qui commençaient à se faire de plus en plus vieux, et bien sûr pour sa petite sœur qui vivait dans le Sud-Est, du côté de Digne. Sa sœur Esther revenait rarement dans sa région natale. Elle avait moins le mal du pays que lui. Elle avait prévu de monter en voiture jusqu'à Yutz pour y passer les fêtes de Noël, en compagnie de son époux et de leurs deux enfants. Jean-Marc Balagot était content de revoir sa frangine et ses neveux pour qui il avait également prévu des cadeaux. Le centre commercial les Capucins était noir de monde, toutes les boutiques étaient envahies par la foule d'acheteurs. Le magasin L'Espace culturel Leclerc qui vend des livres, disques, jeux vidéos, ordinateurs et autres appareils électroniques était pris d'assaut comme lors d'un jour de soldes. La foule ne cessait de grossir pour faire des emplettes. Il y avait très peu de fauches aux Capucins grâce aux caméras de surveillance et aux vigiles. Jean-Marc Balagot allait passer les fêtes de Noël en famille, chez ses parents. Violette et Valérie seraient présentes, tout comme une vieille tante qui continuait à résider à Sierck-les-Bains. Sa mère avait prévu de préparer un grand repas le vingt-cinq décembre, et aller remercier Jésus-Christ la veille à la messe de minuit. L'ex-épouse de Jean-Marc Balagot n'était pas invitée.

Jean-Marc Balagot savait que son ancienne femme avait rencontré quelqu'un, et c'était, paraît-il, sérieux entre eux. Son nouveau compagnon habitait Metz où il travaillait. Il était père d'un jeune garçon. On croisait parfois les deux tourtereaux dans les rues de Yutz ou de Thionville, marchant main dans la main. Les gens évitaient de faire des commentaires, car Clémence avait tout à fait le droit de refaire sa vie en sortant avec un homme. Elle avait fait les présentations à ses deux filles pour qu'elles ne soient pas surprises si un jour son compagnon venait à sonner à la porte. L'homme dont elle était très amoureuse, et qui petit à petit effaçait les souvenirs des autres jusqu'alors rencontrés, était un bel homme, avec une prestance qui se voulait naturelle. Il avait un nez aquilin, les cheveux soignés et portait des vêtements ajustés à sa taille, comme l'exige la profession dans laquelle il évoluait depuis plus de vingt ans, maître d'hôtel dans un grand hôtel de Metz. Il avait environ l'âge de Clémence. Ses prévenances vis-à-vis de la femme qu'il aimait allaient, qui sait, peut-être un jour les mener à se marier.

Depuis leur divorce, Jean-Marc Balagot n'avait présenté aucune nouvelle compagne à ses enfants ni à ses parents. Il avait eu parfois des aventures qui ne comptaient pas beaucoup pour lui. Il n'était pas au sens propre du mot un tombeur, ni même un baiseur. Il rencontrait des femmes à Thionville qui lui plaisaient et avec lesquelles il nouait d'abord une amitié avant de les solliciter, comme avec la journaliste du Républicain Lorrain. Jean-Marc Balagot et elle se voyaient désormais régulièrement. Mais quand Sandrine lui avait demandé un jour si elle pouvait monter avec lui dans une voiture de police lors d'une interpellation au domicile d'un repris de justice, le policier avait refusé. Les enquêtes au sein de son commissariat étaient trop bien encadrées et surveillées par son chef pour qu'il prenne un tel risque. Seule une autorisation écrite de son commissaire, voire du directeur général de la police départementale aurait permis à Sandrine de l'accompagner. Il continua à être sa principale source au commissariat de Thionville, lui filant des tuyaux pour ses articles. Sandrine étant une femme mariée, Jean-Marc Balagot n'espérait pas beaucoup plus dans leur relation que ce qu'ils partageaient ensemble. D'ailleurs, il ne souhaitait pas qu'elle divorce. Elle prétendait qu'elle s'était un peu trompée sur le choix de son époux. Sandrine rêvait d'un homme beaucoup plus riche. Mais en province, les chances de tomber sur un homme friqué étaient rares, comme il existe une grande misère sexuelle. Elle avait étudié à l'université de Strasbourg. Elle s'était d'abord inscrite en histoire et ensuite en lettres modernes, avant de revenir à Thionville et de se faire embaucher au Républicain Lorrain. Elle commença comme simple pigiste avant de monter en grade, jusqu'à devenir journaliste professionnelle pour des questions de police-justice. Elle avait la carte de presse. Elle avait rencontré son époux lors d'un dîner chez des amis. Il l'avait demandée en mariage à l'occasion d'une croisière sur la Moselle. Sandrine avait pleuré de joie. Elle repensait parfois à ce dîner dans le bateau qui naviguait lentement vers le Rhin, en Allemagne, et de cette bague en or que lui avait offerte son futur mari pour sceller leur union. Elle aimait son époux malgré tout. Mais très vite, elle décida après son accouchement de prendre un amant. Un homme qui vivait dans les environs de Thionville, qui s'appelait Philippe, et qui gagnait bien sa vie. Leur liaison passionnelle avait pourtant tourné cours. Sandrine l'avait énormément regretté, car elle aimait beaucoup cet homme. Elle espérait aller plus loin dans cette aventure extraconjugale, voire divorcer et se marier avec lui. Mais son jules était un homme volage qui baisait avec la plupart des femmes qui travaillaient dans son entreprise. Sandrine Zagler allait le retrouver discrètement dans des chambres d'hôtel pour se faire ramoner. Aujourd'hui, elle avait fait le choix d'aimer le capitaine Jean-Marc Balagot qui lui courait après, et qui avait fait chavirer son cœur. Mais pour combien de temps ? Elle l'ignorait elle-même tout en lui cédant son corps.

Pour le réveillon de la Saint-Sylvestre, Jean-Marc Balagot était invité par son collègue Arnaud Mariotti à Villerupt. Les anciens camarades Villeruptiens d'Arnaud avaient loué la salle des fêtes. Jean-Marc Balagot comptait bien se mettre sur son trente-et-un et s'amuser à gogo. Il pensait aussi y rencontrer une femme célibataire, qu'il inviterait à danser avant de la draguer, bien qu'il ne redoutât pas de se prendre un vent. Et qui sait, si le courant passait bien entre eux, il la présenterait à ses filles comme venait de le faire son ex-femme avec son amant. Il ne rêvait pas d'une femme parfaite, car cela n'existe pas, mais de trouver une personne équilibrée, avec ses défauts et ses qualités, et de pouvoir faire avec elle un bout de chemin, jusqu'à ce que le destin en décide autrement. Que la mort les sépare.

Jean-Marc Balagot qui pensait rarement à sa garde-robe s'offrit à Noël un nouveau costume, trois belles chemises et deux cravates, sans oublier une paire de chaussures. Les trois liquettes étaient signées Christian Dior. Il allait être beau comme un sou neuf. Il se mêla à la foule des acheteurs, les mains chargées de paquets cadeaux. La nuit venait de tomber sur Thionville ainsi que partout en France. Pendant le mois de décembre, et à l'approche des jours de fête, tout le monde ou presque devenait noctambule. Les gens continuaient à rentrer dans des magasins pour faire des achats, et se promener dans les rues et sur les avenues. À faire la fête avant l'heure. Le rush avant Noël. C'était une aubaine pour les commerçants.

Quant aux deux enquêtes en cours dont il s'occupait, Jean-Marc Balagot ne les avait pas oubliées malgré les fêtes de fin d'année. Elles continuaient à les préoccuper, lui et son collègue Mariotti. Les deux policiers n'avaient presque pas pris de jours de congé. Ils comptaient dès le lendemain de Noël et de Nouvel an se triturer les méninges en se plongeant à nouveau dans leurs enquêtes, avec les nouveaux éléments dont ils disposaient. Ils avaient prévu tous les deux de se rendre au domicile de Monsieur Papin pour l'entendre à nouveau, car celui-ci venait de sortir de l'hôpital. Ils envisageaient de téléphoner à toutes les écoles primaires et élémentaires de Thionville pour savoir si parmi leurs professeurs des écoles, il y avait une femme prénommée Adèle.

L'enquête de police, avec ces nouveaux éléments, allait sans doute reprendre un nouveau souffle.

Jean-Marc Balagot était très heureux d'avoir passé Noël avec ses deux filles et les membres de sa famille, malgré l'état de santé de son père. Il avait reçu un joli cadeau de la part de sa petite sœur et de ses enfants. Jean-Marc Balagot avait beaucoup mangé chez ses parents, et même un peu abusé de l'alcool. La ventrée de Noël aurait eu de quoi rassasier deux équipes de football.

Il avait dormi sur place, dans sa petite chambre de garçon. Les souvenirs de son enfance lui revinrent en mémoire, et le policier sentit couler une petite larme de nostalgie sur son visage d'adulte. Dès le lendemain, en attendant la fête du Nouvel An, le travail reprit au commissariat, comme prévu. Les deux enquêteurs allèrent au domicile de Monsieur Papin.

L'homme qui avait passé plus d'une semaine à l'hôpital avait maigri. Même sa voix, d'habitude forte, était devenue faible, et ses cheveux de plus en plus grisonnants. La maladie l'avait sérieusement affaibli. Mais Gustave Papin comptait bien lutter contre la maladie. Il ne voulait pas se laisser abattre. Ses enfants comme ses employés lui connaissaient cette qualité de battant, la volonté de tenir bon et d'aller jusqu'au bout des choses. Gustave Papin avait toujours été un homme entreprenant avec plusieurs idées à la suite, qu'il tentait de mettre en pratique. Il voyageait très peu contrairement à son épouse qui adorait les dépaysements. Elle prenait souvent des vacances en compagnie de ses deux filles lorsque ces dernières habitaient encore à Thionville. Ensemble, elles avaient visité les États-Unis, le Brésil, la Suède, le Portugal, l'Australie, le Japon, le Vietnam, le Maroc et le Sénégal. Marie-Jeanne Papin avait transmis la passion des voyages à ses filles, tandis que leur père leur avait donné la volonté de réussir. Dans le monde où l'on vit, et cela depuis la nuit des temps, le goût des choses qu'on pratique ou des défauts qu'on acquiert vient le plus souvent des personnes qui nous sont très proches, comme les membres de nos familles ou ceux qu'on cherche à désigner comme nos maîtres. Le génie de Mozart lui vient de son père, qui fut un musicien accompli, et qui a formé son fils pour qu'il compose de la musique dès l'âge de six ans. Guy de Maupassant a été le disciple de Flaubert, et comme son maître, il allait souvent voir des prostituées. Il fut également, comme son mentor, renvoyé de l'école pour indiscipline. Le don de la peinture chez Picasso lui vient de son géniteur, comme la passion de l'écriture chez Honoré de Balzac. Théophile Obenga a été le disciple du savant Cheikh Anta Diop, et comme son maître, il s'était engagé dans la vie politique. Johnny Halliday a transmis à son fils David les secrets de la musique. Les parents du chanteur ivoirien DJ Arafat étaient tous deux musiciens, et leur fils a composé plusieurs chansons qui font aujourd'hui la fierté de la musique africaine. Ses épigones continuent à faire danser les foules. Eugène Delacroix a découvert sa vocation de peintre dans la salle à manger de la mairie de Bordeaux quand son père était préfet de la Gironde. On peut citer d'autres exemples, comme des mômes qui sont devenus de grands voyous après avoir vu leur daron aller en prison pour vol ou braquage à main armée.

Après avoir frappé à la porte du domicile de la famille Papin, les deux policiers virent la fille aînée leur ouvrir la porte.

— Nous sommes de la police, et nous avons rendez-vous avec Monsieur Papin, dit Jean-Marc Balagot.

— Oui, je sais, mon père vous attend au salon.

— Joyeux Noël ! lança Arnaud Mariotti.

— Joyeux Noël à vous aussi.

— Vous êtes Julie Papin ? demanda Jean-Marc Balagot.

— Oui, c'est moi, je suis la fille aînée de Monsieur Papin.

— Et vous habitez Paris ?

— Oui, j'y travaille également.

— Dans un ministère ?

— Effectivement, je travaille au ministère de l'Éducation nationale.

Julie Papin, contrairement à sa cadette, était petite de taille. Elle avait une allure androgyne avec sa coupe de cheveux à la garçonne. Mais on changeait vite d'avis quand le regard se posait sur sa poitrine où pendaient deux gros seins. Des lolos guindés par un soutien-gorge. Une large bouche se dessinait sur son visage sans sourire. Elle avait passé un triste Noël, et les fêtes de Nouvel An allaient se passer sur le même mode, vu l'état de santé de son père et la disparition de sa mère. Ça faisait partie des moments dans la vie qu'on ne lui enviait pas.

Les deux policiers commencèrent leur interrogatoire.

— Monsieur Papin, comment allez-vous ? demanda Jean-Marc Balagot.

— Je me sens un peu mieux. J'ai fait un malaise dû aux problèmes de tension que j'ai actuellement à cause de la disparition de mon épouse.

— Vous sentez-vous capable de répondre à nos questions ?

— Oui, on m'a laissé sortir de l'hôpital, c'est qu'il n'y a plus trop de danger. Je suis prêt à répondre à toutes vos questions, sauf aux questions intimes où je demanderai à ma fille de s'éloigner un moment pour nous laisser dialoguer. Il y a des choses que les parents doivent cacher à leurs enfants. C'est ce que je pense, mais ce n'est que mon point de vue. Chacun fait comme il veut. Voyez-vous, je suis d'une autre génération. Et à mon époque, les parents disaient très peu de choses aux enfants.

— Bon ! À l'heure actuelle, nos recherches concernant la disparition de votre femme n'ont rien donné. Nous avons demandé à une équipe de pompiers de sonder la Moselle, ils n'ont rien trouvé. Nous avons également mobilisé plusieurs gendarmes et policiers pour fouiller la forêt des alentours de Thionville, mais là non plus aucun corps n'a été retrouvé. Quant à son portable ou à son compte en banque, il n'y a toujours pas d'appels ni de mouvements constatés. Nous continuons les recherches. Nous sommes allés au Luxembourg pour interroger le soi-disant amant de votre femme dont vous nous avez parlé, dit Jean-Marc Balagot.

Gustave Papin regarda spontanément sa fille assise à ses côtés. Leurs regards se croisèrent. Le père lui fit un signe de la tête. Julie se leva et se dirigea vers la cuisine pour faire semblant de préparer le café.

— Oui, ce Monsieur Bertrand Boillot est l'amant de ma femme. Je le connais depuis longtemps, et je ne l'ai jamais vraiment aimé, même avant que je ne m'aperçoive qu'il convoitait mon épouse. Je sais que ma femme avait un faible pour lui. Elle le trouvait charmant. Nous fréquentions ensemble un club au Luxembourg. Un club de Français vivant ou travaillant au Luxembourg. Nous organisions des soirées de temps en temps pour manger et nous amuser, et c'est lors d'une de ces soirées qu'il a commencé à tourner autour de ma femme. Ensuite, Marie-Jeanne est tombée très amoureuse de ce gars. Il a osé l'appeler quelques fois ici à la maison pour lui donner rendez-vous. Un jour, j'en ai eu assez, j'ai voulu aller m'expliquer avec lui et lui casser la gueule, mais ma femme m'en a dissuadé, en me promettant de mettre un terme à leur liaison. Je me suis aperçu plus tard qu'ils poursuivaient leur relation. Ils m'ont pris pour un gogo.

— Monsieur Papin, quand nous avons interrogé Monsieur Boillot, il a admis avoir eu une brève aventure extraconjugale avec votre femme, mais il nous a dit que celle-ci était terminée depuis longtemps, car c'était une aventure sans lendemain, a-t-il précisé. Une relation légère, et c'est d'ailleurs lui qui y a mis fin, car d'après lui, Marie-Jeanne était très jalouse de sa femme. Il a affirmé qu'il n'a rien à voir avec la disparition de votre épouse. Et ce n'est pas avec lui que Marie-Jeanne était allée passer un week-end amoureux à Prague. C'est peut-être avec un autre homme que votre femme est partie en escapade amoureuse à Prague, suggéra Jean-Marc Balagot.

— Attendez, je connais bien Bertrand Boillot, c'est quelqu'un qui ment comme il respire, et qui adore pérorer. C'est un tartarin.

— Non, pas à propos de la disparition de votre épouse. Il dit vrai, et nous le croyons.

— Par rapport à quoi le croyez-vous ?

— Il a un alibi en béton. Il se trouvait en Chine pour une mission la semaine où votre femme a disparu. Et nous avons vérifié son emploi du temps, tout paraît correspondre. En tout cas, je peux vous certifier qu'il n'était plus l'amant de votre épouse depuis un bout de temps, dit Jean-Marc Balagot.

— Donc, vous voulez dire que Marie-Jeanne me trompe avec un autre homme ?

— L'enquête nous le dira, mais en attendant, Bertrand Boillot est mis hors de cause.

— Messieurs, moi je ne souhaite pas abandonner la piste de cette relation. Je ne cherche pas à contrecarrer votre travail de policier, mais j'ai les moyens qu'il faut pour engager un détective privé qui va enquêter dans ce sens au Luxembourg. Je suis persuadé que c'est de là que vient le problème concernant la disparition de ma femme, dans le milieu des Français du Luxembourg, parmi les membres de notre club où ma femme et moi avons beaucoup d'ennemis. Des gens qui nous envient parce que nous possédons deux pharmacies qui marchent bien.

— Monsieur Papin, vous faites ce que vous voulez, pour nous l'enquête continue au même rythme. On sait qu'il y a un problème de divorce entre vous.

— Oui, mais pour l'instant nous n'avons pas encore divorcé. Aucun papier n'a été signé.

— Vous êtes toujours mari et femme, même si votre épouse a pris un avocat pour demander le divorce peu avant de disparaître, concéda Jean-Marc Balagot.

— Quoi ? Vous trouvez là un motif pour me mettre en cause ou être mis en examen, comme quoi j'aurais tué ma femme et fait disparaître son corps pour l'unique raison que je n'acceptais pas l'idée de divorcer ? C'est une insinuation très déplacée !

— Non Monsieur Papin, nous n'avons rien insinué. Nous ne sommes que des policiers et non des juges. C'est au juge d'instruction en charge du dossier sur la disparition de votre femme de décider s'il faut vous mettre en examen ou pas. Et ne vous affolez pas, car la mise en examen n'est qu'un acte de procédure, voire un élément protecteur de liberté.

— Je sais comment fonctionne la justice française. Elle peut vous broyer tout comme la presse du simple fait d'être mis en examen. J'ai un ami à qui c'est arrivé, et il s'en est fallu de peu pour éviter le suicide tellement son nom avait été sali et mis en pâture dans la presse. J'ai d'ailleurs pensé à prendre un avocat dès maintenant pour qu'il me défende au cas où. Je sais bien que si on ne retrouve pas ma femme d'ici trois mois, la justice risque de me mettre en examen.

— Vous avez un peu raison Monsieur Papin, c'est malheureusement ce qui peut arriver, dit Arnaud Mariotti.

— Dans ce cas, je me défendrai jusqu'au bout pour laver mon honneur et celui de ma famille. Mon frère et mes sœurs m'ont téléphoné pour me dire qu'ils n'accepteraient jamais que je sois accusé ni même soupçonné de quoi que ce soit dans la disparition de Marie-Jeanne. Et mes filles sont du même avis. Il est impensable que des gens s'imaginent que j'ai pu tuer ma femme, la mère de mes enfants.

— Monsieur Papin, à ce jour, vous êtes la dernière personne à avoir vu votre femme vivante avant qu'elle ne disparaisse, dit Arnaud Mariotti.

— Et alors ? Ça ne fait pas de moi un suspect ! Je vous rappelle, comme je l'ai dit dans ma première déposition, qu'elle m'a déjà fait le coup l'an dernier en disparaissant pendant trois jours sans donner de nouvelles.

— En cas de décès de votre épouse, c'est vous qui bénéficierez de tous les biens ? demanda Jean-Marc Balagot.

— Mais bon sang ! Je ne vois pas comment vous pouvez insinuer cela. Il ne faut pas oublier que nous avons bâti tout cela ensemble. C'est moi d'ailleurs qui ai trouvé l'idée de racheter une pharmacie, et ensuite la deuxième. Je ne peux pas dire que ma femme ne faisait que suivre mes décisions, non, elle est avant tout pharmacienne, et elle avait son mot à dire. Elle m'a toujours bien conseillé, et nous avons travaillé dur pour y arriver. Nous ne sommes pas nés dans des familles aisées. Nous avons d'abord bien travaillé à l'école, et dans la pharmacie qui nous avait embauchés dès la fin de nos études à Nancy, se justifia Monsieur Papin.

Jean-Marc Balagot reprit la parole.

— Il y a des mauvaises langues qui disent que votre fortune cache des zones d'ombre, que vous ne l'avez pas entièrement bâtie en travaillant.

— Mais qu'ils viennent prouver le contraire, qu'ils apportent des preuves de leurs accusations mensongères, tous ces jaloux ! Ces goujats ! Nous avons toujours travaillé ma femme et moi pour gagner notre vie et élever dignement nos enfants. D'ailleurs, qui vous a raconté toutes ces salades ? demanda Gustave Papin.

— Ce sont des gens, dit Jean-Marc Balagot.

— Des gens ! Mais quels gens ? Des personnes qui nous connaissent et qui sont nos amis ? Qui êtes-vous allés interroger ? Nos voisins de quartier ? De nos jours, les gens racontent tout et n'importe quoi, et c'est la raison pour laquelle d'ailleurs je regarde peu la télévision, et que je ne vais pas sur les réseaux sociaux. On balance tout et tout le temps sans aucun élément de preuve. Le savoir est aujourd'hui ridiculisé, et la bêtise glorifiée. Vous me direz que c'est la société d'aujourd'hui qui va vite avec la multiplication des médias et des réseaux sociaux. Que la société bouge ou que le monde évolue, je ne suis pas contre, au contraire, mais l'homme doit demeurer intègre et honnête vis-à-vis de ses semblables, et ne pas dire ou écrire des contre-vérités, à déblatérer sur tout. Mon épouse a disparu, et nous sommes sans nouvelles depuis des semaines. Nul ne sait si elle est morte ou vivante, et au lieu d'avoir de la peine pour moi, pour nos enfants et petits-enfants, des gens passent leur temps à bavasser sur mon nom et sur l'argent que je possède. C'est trop facile et abject de critiquer et de rajouter de la peine à celui qui souffre déjà. Je prie Dieu qu'on remette vite la morale à l'école. Les gens sont de plus en plus mal éduqués !

Jean-Marc Balagot et Arnaud Mariotti cessèrent de poser des questions à Monsieur Papin. Ils sentaient que sa colère montait, qu'il risquait d'être à bout de nerfs et de faire peut-être une nouvelle crise de tension. Ils ne voulaient pas que leur suspect numéro un soit à nouveau hospitalisé en urgence, ni être accusés de l'avoir rudoyé.

Gustave Papin prit congé des deux policiers, en laissant cette fois sa fille Julie répondre aux questions des enquêteurs. Julie, d'elle-même, commença à poser la première question aux policiers.

— Pensez-vous sérieusement que mon père soit à l'origine de la disparition de notre mère ? Ma sœur m'a fait un compte rendu de son audition dans votre commissariat, et elle m'a dit que vous le soupçonniez. Tout à l'heure, je me trouvais dans la cuisine, mais j'ai tout entendu.

— Madame, ne tirez pas trop vite des conclusions en ce qui concerne notre enquête. Votre père demeure innocent tant qu'il n'y a aucune preuve matérielle le mettant en cause, dit Jean-Marc Balagot.

— Mais vous le soupçonnez quand même ?

— Nous soupçonnons tous les membres de l'entourage de votre mère, y compris ses amies. C'est dans le milieu familial, amical et professionnel dans lequel évolue la victime que se focalise une enquête de ce genre. La priorité doit être mise dans cette direction, avant d'élargir l'enquête ailleurs si de nouvelles preuves et d'autres pistes se présentent à nous. Votre père est bien entendu suspecté, car il est la dernière personne à avoir vu votre mère vivante. C'était un mardi, leur jour de congé. D'après les déclarations de votre père, il n'a pas bougé de la maison ce jour-là, alors que votre mère, elle, est sortie et depuis, elle n'est plus revenue à la maison. Elle n'a plus donné de signe de vie. Nous cherchons donc à savoir ce qui a pu se passer le mardi de sa disparition.

— La femme de ménage n'était pas présente ce jour-là, sinon, elle vous aurait donné sa version, dit Julie Papin-Mercier.

— Oui, d'après votre père, c'était son jour de congé.

— C'est ça, elle ne travaille pas chez mes parents les mardis, mais depuis la disparition de ma mère, et depuis la santé fragile de mon père, je lui ai demandé de venir désormais travailler tous les jours, y compris le week-end, et de dormir ici de temps en temps. Il faut en permanence quelqu'un pour veiller sur mon père, et elle est grassement rémunérée.

— Et vous-même, vous habitez désormais sur place ?

— Non, j'ai juste pris plusieurs jours de congés depuis que l'état de santé de mon père s'est dégradé, depuis son hospitalisation, sinon, je compte bien retourner à Paris après les fêtes. De toute façon, on se relaie avec ma sœur pour être au chevet de notre père. Quand elle vient à Thionville, j'en profite pour monter à Paris pour deux ou trois jours, le temps de voir mes enfants et mon mari. Il y a aussi ma tante qui est déjà venue à deux reprises pour voir mon père.

— Où vit votre tante ?

— Elle habite dans le Sud. Mon père a un frère et deux sœurs. Mon jeune oncle réside en région parisienne, et je lui rends visite de temps en temps. Ses deux sœurs vivent depuis longtemps dans le Sud, du côté de Nice. L'une d'elles, comme je viens de vous dire, est venue le voir depuis la disparition de notre mère, et depuis que mon père a eu des problèmes de santé. Ils ont de bonnes relations, mais ils se voient très peu depuis qu'ils ont quitté la Lorraine, expliqua Julie Papin-Mercier.

— Est-ce qu'ils ont une bonne situation professionnelle ? demanda Arnaud Mariotti.

— Ils sont quasiment tous les trois à la retraite, sauf mon oncle qui est en préretraite. Ses sœurs ont fait de beaux mariages, et elles ont travaillé toutes les deux comme fonctionnaires. Ils n'ont pas eu de soucis d'argent, donc aucune raison d'être jaloux de leur frère. Mon oncle va d'ailleurs venir à Thionville dans les jours à venir. Il prend des nouvelles tous les deux ou trois jours.

— Vous êtes mariée ? demanda Arnaud Mariotti.

— Oui, mais je continue de porter mon nom de jeune fille en plus de celui de mon mari. Il était venu à Thionville avec les enfants le week-end dernier.

— C'est désormais courant cette pratique de garder son nom de jeune fille tout en étant mariée.

— Je pense que c'est grâce à la libération de la femme.

— C'est encore un acquis du mouvement de mai 68, avança Jean-Marc Balagot.

— Mais ce ne sont pas toutes les femmes qui font cela, précisa Julie Papin-Mercier.

— Que fait votre mari dans la vie ? demanda Arnaud Mariotti.

— Il est professeur des universités. Il enseigne l'histoire à Sciences Po.

— Vous vous êtes connus ici en Lorraine ?

— Non, nous nous sommes rencontrés à Paris lors de mes études. J'ai fait toutes mes études universitaires à Paris, à la Sorbonne. Mon mari, lui, est originaire de Marseille. Il est monté à Paris pour faire Sciences Po, et maintenant il y enseigne.

— Votre sœur a fait également ses études à Paris ?

— Non, elle a étudié à la fac de Metz, et désormais elle vit en Alsace avec son mari qui est Alsacien.

— Est-ce que votre père a continué d'aller travailler au Luxembourg ?

— Non, depuis un mois il n'y va plus régulièrement. Il s'y rend seulement une ou deux fois par semaine.

— Votre sœur nous a affirmé qu'il y a toujours eu une bonne entente entre vous et vos parents... poursuivit Jean-Marc Balagot.

— Oui, nous nous entendons très bien, mais il nous arrive d'avoir parfois quelques frictions.

— Du genre ?

— Nos parents, par exemple, se plaignaient quelquefois qu'on ne les appelle pas assez souvent ou qu'on oublie leur date d'anniversaire, voire qu'on ne vienne pas assez souvent leur rendre visite. Je mettais parfois ça sur le compte de l'âge. Ils commencent à vieillir et à devenir capricieux. Mais sinon, nous avons eu ma sœur et moi une belle enfance. Ce n'était pas leur cas. Eux, dans leur jeunesse, ils partaient rarement en vacances par manque de moyens, car leurs parents étaient pauvres. Nous, on est toujours allés en vacances chaque été.

— Êtes-vous au courant que vos parents sont en train de divorcer, et que c'est votre mère qui a pris cette décision ?

— Oui, je le sais, mais mon père a tout arrêté vu ce qui vient de se passer. Il a téléphoné à l'avocat pour dire de suspendre la procédure tant que notre mère n'est pas retrouvée. Leur divorce est différé, et ce n'est pas la première fois qu'ils pensent à se séparer, mais ils ont toujours fini par se réconcilier.

— Mais cette fois ils ont pris chacun un avocat, dit Jean-Marc Balagot.

— Oui, mais je peux vous assurer que si ma mère réapparaissait demain, nul n'évoquerait plus le divorce. Je connais bien mes parents.

— D'après vous, qu'est-il réellement arrivé à votre mère ? demanda Jean-Marc Balagot.

— Je ne sais pas ce qui s'est passé, en tout cas elle ne s'est pas volatilisée toute seule dans la nature. Elle avait sûrement un rendez-vous avec quelqu'un vu, d'après mon père, qu'elle était sortie le matin vers dix heures. Est-ce qu'on l'a kidnappée pour nous demander une rançon ? Le ou les kidnappeurs se seraient déjà manifestés en téléphonant. Vous voyez, je pense chaque jour à ma mère, et je voudrais qu'elle revienne. Je veux savoir où elle se cache et avec qui. Je suis très inquiète et très troublée. Je ne sais plus quoi penser. On craint tous le pire, dit Julie Papin-Mercier.

— Madame, pensez-vous que votre père ait pu supprimer votre mère pour ne pas partager l'argent et les biens après leur divorce ? interrogea Arnaud Mariotti.

— Vous vous rendez un peu compte de la question que vous venez de me poser ? Je dois maintenant suspecter mon propre père d'être un assassin qui aurait tué son épouse, c'est-à-dire notre maman pour de l'argent ? s'indigna Julie Papin-Mercier.

— Madame, avec tout le respect que je vous dois, il faut savoir que tout le monde est capable de tuer, tout dépend des circonstances, et votre père apparaît dans la disparition de votre mère comme un suspect potentiel, même s'il y a pas vraiment de preuves pour l'instant, dit Arnaud Mariotti.

— Je vous dis franchement que je ne peux pas y croire une seconde. Je risquerais de m'évanouir si on m'apportait la preuve de ce que vous venez de me dire. Je pense que notre père est innocent. Il n'est pas possible qu'il fasse une chose pareille. L'harmonie a toujours régné dans notre famille, malgré les aléas.

— Et s'il a payé quelqu'un pour le faire à sa place, un tueur à gages ?

— Messieurs, je vous répète que je ne peux pas le croire un instant. Notre mère a déjà fugué, et vous devriez continuer à enquêter du côté de cette thèse et non pas vous focaliser sur notre père. Il souffre déjà assez comme ça, répondit sèchement Julie Papin-Mercier.

— Elle a fugué l'année dernière, mais pas durant plusieurs semaines. Et d'après votre père, elle était allée à Prague avec son amant pour une virée romantique, dit Arnaud Mariotti.

— Et si c'était vrai, qu'elle a refait la même chose ? Elle est peut-être amoureuse de son amant, et ils veulent vivre ensemble un jour, dit Julie Papin-Mercier.

— Non, nous nous sommes rendus au Luxembourg pour interroger cet homme, et il s'avère que leur liaison était terminée depuis longtemps. Il nous l'a bien confirmé. Nous avons vérifié son emploi du temps la semaine de la disparition de votre mère, et il ne peut être suspecté, car il se trouvait en voyage en Chine. Nous nous posons donc la question de savoir si votre mère n'avait pas un autre amant ? demanda Arnaud Mariotti.

— Je serais incapable de vous répondre. Aller savoir si votre mère a un amant, pour moi, cela relève carrément de l'indécence, voire de l'espionnage, et je n'ai pas à espionner ma propre mère. Aucun enfant ne ferait ce genre de chose. C'est au mari ou à l'épouse trompée de faire surveiller discrètement son conjoint, et je sais que cela existe, mais pas aux enfants.

— Nous allons vous laisser en vous remerciant d'avoir répondu à nos questions. Nous allons continuer notre enquête pour retrouver votre mère, et nous vous tiendrons au courant s'il y a du nouveau, conclut le capitaine Balagot avant de quitter avec son coéquipier le domicile de la famille Papin, où la femme de ménage, une Maghrébine, venait d'arriver.

La nostalgie de la fête du Nouvel An était encore présente dans la tête de Jean-Marc Balagot. Il reprit le travail malgré la grande fatigue qu'il ressentait. Les Blancs, on le sait, font rarement la bamboula, et même lorsqu'ils la font, elle reste toujours chronométrée afin qu'ils reprennent vite leurs esprits, et puissent retourner travailler, contrairement aux Noirs qui en abusent, et qui souvent confondent le verbe travailler avec une insulte.

Jean-Marc Balagot voulut tout de suite se replonger dans ses enquêtes. Son collègue Arnaud Mariotti avait pris une semaine de vacances juste après les fêtes du Nouvel An. Il tenait à se reposer et à reprendre des forces. Jean-Marc Balagot était seul à enquêter pour débusquer l'assassin de Félix Lokito, et découvrir ce qui était arrivé à Marie-Jeanne Papin. Depuis qu'il était rentré dans la police, Jean-Marc Balagot avait mené plusieurs enquêtes criminelles, lesquelles comptaient le démantèlement des réseaux de la drogue, de la prostitution et du grand banditisme. Sans oublier des affaires concernant des ripoux. Il était fier de son parcours de flic, dont la mission régalienne est de protéger la veuve et l'orphelin, les citoyens de toutes classes sociales, et les institutions de l'État vis-à-vis des gens malappris. Mais, l'âge avançant, Jean-Marc Balagot pensait de moins en moins à ses débuts dans la police, et songeait aux choses de la vie et à la nature humaine qui restaient inchangées malgré l'évolution de la société, les progrès de la médecine et l'apparition des nouvelles technologies qui tiennent les citoyens sous haute surveillance. Jean-Marc Balagot méditait tout cela autour d'un café au commissariat, dans un bar en prenant un verre, ou bien chez lui, en rentrant du travail. Et pour oublier la routine ou les aléas de la vie, Jean-Marc Balagot s'adonnait à fond à son sport favori, le tennis. Il était membre d'un club de Thionville et fan de Yannick Noah, le chanteur Franco-Camerounais aux pieds nus, qui reste à ce jour le seul Français à avoir remporté Roland-Garros.

Les couloirs et les bureaux du commissariat de Thionville étaient à moitié vides en ce début de janvier. Plusieurs personnes néanmoins téléphonaient ou venaient porter plainte contre toutes sortes de larcins, arnaques, vols, cambriolages ou des agressions verbales et physiques qu'elles avaient subies durant les fêtes. On notait que parmi les plaignants il y avait des gens modestes et d'autres de classes supérieures. Des individus que nous croisons tous les jours dans la rue ou dans les magasins sans savoir qui ils sont ni où ils habitent. La vie avec son lot de problèmes suivait son cours, en même temps que les naissances se comptaient dans les maternités, et les morts aux cimetières.

Jean-Marc Balagot attendait la rentrée des classes de janvier, et le retour de son collègue pour poursuivre les investigations sur le nouvel élément dans l'enquête de l'assassinat de Félix Lokito, et tenter de retrouver la fameuse institutrice qui portait le prénom d'Adèle. Entre temps, il se consacra à l'enquête de Madame Papin, se rendant à Luxembourg à trois reprises afin d'y rencontrer des policiers luxembourgeois, sous l'autorité du juge d'instruction du parquet de Thionville en charge du dossier. Le capitaine Balagot avait demandé à la police luxembourgeoise de placer sur écoute les deux pharmacies du couple Papin pour savoir qui appelait souvent ou qui avait cherché à joindre Marie-Jeanne Papin depuis sa disparition. Monsieur Papin qui apparaissait comme le suspect numéro un dans l'affaire pouvait effectivement se méfier et se sentir surveillé par les policiers à travers son téléphone portable ou fixe. Jean-Marc Balagot ne voulait rien négliger, car son expérience de policier lui avait montré à maintes reprises qu'en matière d'enquête policière, la surprise, voire le dénouement venait en général de là où les policiers s'y attendaient le moins. Oussama Ben-Laden s'était caché tranquillement dans une belle villa au Pakistan pendant plus de dix ans, alors que tous les agents de la CIA et les limiers de la NSA le recherchaient dans les montagnes de Tora-Bora, en Afghanistan.

Gustave Papin qu'il suspectait de plus en plus d'être le responsable de la disparition de sa femme, allait, malgré sa santé fragile, faire un faux pas qui le conduirait à connaître la vérité.

Jean-Marc Balagot pensait que la chance lui sourirait un jour dans ses enquêtes sur la disparition de Madame Papin, et sur l'assassinat de Félix Lokito.

Avant de prendre sa voiture et de se rendre au Luxembourg, Jean-Marc Balagot passait d'abord à son bureau au commissariat pour consulter ses dossiers. Ce jour-là, il avait reçu une carte de vœux de Sandrine Zagler. Jean-Marc Balagot lui avait offert comme cadeau de fin d'année, des boucles d'oreilles. Elle avait reçu et réceptionné le paquet-cadeau non pas à son domicile, mais à son lieu de travail. Ils s'étaient revus entre-temps avant le Nouvel An pour une sortie romantique au restaurant. En sortant, Sandrine l'avait raccompagné chez lui. Elle était montée dans son appartement, et Jean-Marc Balagot l'avait baisée, rapidement. Aucun d'eux n'avait eu le temps ni même l'envie d'évoquer les enquêtes en cours.

La liste de la quinzaine d'écoles primaires et élémentaires que comptaient la ville de Thionville fut imprimée par Jean-Marc Balagot. Il en donna une page à son collègue Arnaud Mariotti.

— C'est quoi Jean-Marc ?

— La liste de toutes les écoles primaires à Thionville. Je t'en donne la moitié et tu les appelles chacune pour savoir s'il y a parmi les enseignantes une qui porte le prénom d'Adèle, et moi je m'occupe de l'autre moitié.

— Il y en a autant que ça ?

— Oui, c'est pourquoi je t'ai donné la moitié de la liste.

— Ça se voit que Thionville est une grande ville.

— C'est la deuxième ville de la Moselle après Metz, et c'est normal qu'il y ait autant d'écoles primaires.

— Je commence par laquelle ? demanda Arnaud Mariotti.

— Peu importe, l'essentiel est que tu les appelles. Tu te présentes comme officier de police du commissariat de Thionville, et tu leur demandes simplement s'il y a une institutrice qui s'appelle Adèle qui travaille dans leur établissement.

— Tu crois vraiment qu'elle enseigne à Thionville ?

— C'est ce que nous a dit le frère de Félix Lokito, alors tentons notre chance pour voir. Tu sais ce qu'on dit : « qui ne tente rien n'a rien. » De toute façon, nous n'avons rien à perdre.

— Jean-Marc, pourquoi ne pas aller sur place et vérifier directement ?

— Arnaud, ça prendrait beaucoup trop de temps d'aller dans chaque école primaire de Thionville, de demander à voir la directrice, et de lui poser la question. On le fait par téléphone, et si on tombe sur une qui porte ce prénom, on la convoque au commissariat pour l'interroger.

— Jean-Marc, tu t'imagines s'il y en a huit ou dix qui portent le prénom d'Adèle ?

— Je ne crois pas, c'est impossible. Il pourrait peut-être en avoir deux ou trois, voire quatre dans toutes les écoles primaires de Thionville. Au-delà, ça m'étonnerait.

— On ne sait jamais, c'est un prénom qui est courant chez les femmes d'une trentaine ou quarantaine d'années.

— Arnaud, contente-toi de téléphoner et on verra. Le frère de Félix Lokito était très convaincant avec ce qu'il nous a raconté à propos de cette institutrice, et c'est l'unique piste qui nous semble actuellement plausible à exploiter. Toutes les autres, nous les avons abandonnées, et je n'en vois pas de nouvelles pour l'instant.

— Tu as raison.

— Il nous faut ensuite obtenir leur adresse personnelle pour savoir dans quel quartier de Thionville elles habitent. Si elles résident toutes hors de Thionville, ce n'est pas la peine de les convoquer au commissariat.

— Mais pourquoi ?

— Écoute Arnaud, si Félix Lokito avait une autre maîtresse ici à Thionville, en plus de Madame Kakoulouna, et s'il est venu pour la retrouver, cela signifie bien qu'elle habite Thionville et non pas à Uckange ou à Hagondange. Sinon, il n'aurait pas fait le voyage jusqu'à Thionville. Il se serait bien arrêté avant, à la gare d'Uckange ou bien à celle d'Hagondange si sa maîtresse habitait l'une de ses deux villes.

— Jean-Marc, attends, Lokito avait voyagé en TGV depuis Paris, et le TGV ne s'arrête pas à la gare d'Hagondange ou d'Uckange. Ils avaient peut-être convenu qu'elle vienne le chercher en voiture à la gare de Thionville avant d'aller chez elle.

— Non, pour moi, et comme a dit son frère, cette femme, ou cette deuxième maîtresse de Lokito habite bien ici à Thionville. Bon ! Commence à téléphoner aux écoles s'il te plaît, je fais de même.

Pendant quinze à vingt minutes, les deux policiers passèrent des coups de fil dans les différentes écoles primaires de Thionville, à la recherche d'une enseignante prénommée Adèle. Ils eurent gain de cause, car trois enseignantes portaient ce prénom. Jean-Marc Balagot se leva de son bureau, prit une carte de Thionville et la placarda sur le mur. Il dit ensuite à son collègue.

— Arnaud, nous avons trois femmes, je veux dire trois institutrices qui s'appellent Adèle. Deux enseignent dans des écoles situées au centre-ville, et une travaille dans une école qui se trouve dans un quartier réputé difficile. Maintenant, on doit savoir si l'une d'elles avait un quelconque contact avec Félix Lokito.

— Jean-Marc, il se trouve que parmi ces trois femmes deux ont deux prénoms, celui d'Adèle bien sûr, et une autre qui ne porte qu'un seul prénom.

— Peux-tu me citer leurs prénoms au complet s'il te plaît ? demanda Jean-Marc Balagot.

— Nous avons : Madame Godard Adèle Claudette, Madame Koening Adèle Rose, et la dernière s'appelle Madame Da Silva Adèle.

— Il faut maintenant trouver leur adresse, savoir où elles habitent.

— Jean-Marc, mais on fait comme tout à l'heure, c'est-à-dire, on téléphone aux écoles pour parler à la directrice ou au directeur, en lui demandant de nous donner leur adresse, c'est facile, proposa Arnaud Mariotti.

— Non, nous n'allons pas procéder de la sorte. Il n'est pas très difficile de trouver des adresses.

— On peut taper sur internet, et aller sur les pages blanches, dit Arnaud Mariotti.

— Tu peux toujours essayer.

— Elles doivent forcément habiter toutes les trois dans le département de la Moselle, et sans doute ici à Thionville.

— Oui, mais on ne le sait pas encore Arnaud.

— Jean-Marc, tu ne veux pas que je visite les trois écoles cet après-midi, pour rencontrer ces enseignantes et obtenir leur adresse ?

— Dans ce cas, je viens avec toi.

Au moment où les deux condés s'apprêtaient à faire le tour des trois écoles primaires de Thionville pour interroger les institutrices, une mauvaise nouvelle vint perturber leur programme. La mère de Jean-Marc Balagot téléphona à son fils pour lui annoncer que son père, Ferdinand Balagot, venait d'être hospitalisé d'urgence à l'hôpital Bel-Air.

— Arnaud, j'ai une mauvaise nouvelle.

— Quoi ?

— Il s'agit de mon père, il vient d'être admis à l'hôpital Bel-Air.

— Qu'est-ce qui lui est arrivé ?

— Il a apparemment fait un AVC. Je dois être près de ma mère, car elle risque de faire un malaise. Elle ne va pas supporter le choc.

— Elle est à la maison ?

— Non, elle est actuellement à l'hôpital, aux côtés de mon père.

— Jean-Marc, il faut que tu ailles les rejoindre. Je peux continuer cette enquête tout seul. Il n'y a que trois femmes à rencontrer, et auxquelles demander de me communiquer leur adresse.

— Je te remercie Arnaud, tu me fais un compte-rendu dès mon retour, ou plus tard demain matin.

— Ok ! T'inquiète, dit Arnaud Mariotti, en allumant une cigarette.

Jean-Marc Balagot rentra à pied chez lui pour prendre sa voiture et filer à l'hôpital Bel-Air. Son père venait d'avoir soixante-seize ans et se trouvait dans un état critique. Il était dans le coma. Jean-Marc Balagot réconforta sa mère qui avait les larmes aux yeux, et avait peur de devenir veuve.

Elle avait un visage parsemé de rides, comme une vieille pomme.

Le lendemain matin, Jean-Marc Balagot arriva au commissariat avec une heure de retard. Il était d'abord passé à l'hôpital.

— Comment va ton père, Jean-Marc ? demanda Arnaud Mariotti.

— Je suis passé le voir ce matin. Ce qui est bien, c'est qu'il est sorti du coma. Nous avons eu très peur hier quand le médecin nous a annoncé qu'il était dans un état de coma profond, et qu'il ne pouvait pas nous parler.

— Est-ce que tu lui as parlé ce matin ? Il t'a reconnu ?

— Oui, il a toute sa tête. Nous avons pu communiquer quelques minutes, mais il a une paralysie du côté gauche.

— Comment ça ?

— Son bras et sa jambe gauche sont paralysés. Le médecin m'a expliqué que cela arrive souvent chez les gens qui font un AVC, mais une fois sorti de l'hôpital, ils font de longues séances de rééducation chez un kiné pour retrouver leurs capacités. Ce dont on avait très peur c'est qu'il soit paralysé de la moitié du visage.

— Il va donc s'en sortir.

— Oui, a priori, on n'a plus trop de soucis à se faire, même s'il doit encore rester hospitalisé quelques jours. Arnaud, je voulais te prévenir que je prends mon après-midi aujourd'hui. Je vais aller déjeuner avec ma mère et ensuite nous irons à l'hôpital.

— Quel âge elle a maintenant ta mère ?

— Elle a presque soixante-treize ans. Elle va les avoir en été.

— Et ton père ?

— Il vient de fêter ses soixante-seize ans, il est né en début d'année.

— Jean-Marc, hier j'ai mené l'enquête auprès des trois enseignantes.

— Qu'est-ce que ça a donné ? As-tu eu un bon tuyau ?

— Je n'en ai interrogé que deux, car l'autre était absente.

— Les deux que tu as interrogées, où habitent-elles ?
— Elles habitent toutes les deux à Thionville.
— Et leur adresse ?
— La première vit dans le quartier de Guentrange, dans la rue Jean de la Fontaine.
— C'est un quartier huppé ?
— Tout à fait, répondit Arnaud Mariotti.
— Et la deuxième ?
— La deuxième habite dans le quartier de Saint-Pierre, dans la rue des Horticulteurs.
— C'est un quartier populaire de Thionville, dit Balagot.
— Oui, tu te souviens, nous avons même arrêté un braqueur de banque qui vivait là-bas.
— Je m'en souviens, un repris de justice au passé lourd. Il est bien connu au sein de la voyoucratie de Thionville.
— Les deux femmes que j'ai interrogées à propos de Félix Lokito, m'ont toutes les deux affirmé ne pas le connaître, n'avoir jamais eu un quelconque lien avec lui.
— Est-ce que ces enseignantes sont mariées ?
— Oui, elles le sont toutes les trois d'ailleurs, répondit Mariotti.
— Arnaud, tu as pu te procurer l'adresse de la troisième enseignante ?
— Oui, elle habite également Thionville, car malgré le fait qu'elle soit absente, la directrice de son école n'a pas hésité une seconde à me communiquer l'adresse de Madame Da Silva.
— Et elle vit où dans Thionville ?
— Elle habite sur l'avenue du Général de Gaulle.
À peine son collègue Arnaud Mariotti eut-il prononcé le nom de l'avenue du Général de Gaulle, qui est située dans le centre-ville, que Jean-Marc Balagot bondit de son siège et regarda la carte de la ville qu'il avait accrochée au mur, en pointant du doigt l'avenue en question, avant de s'écrier :

— Hé ! Arnaud, je pense qu'il faut oublier les deux premières enseignantes.

— Quoi ! Tu veux que j'oublie Madame Godard et Madame Koening ?

— Oui, nous allons nous focaliser sur Madame Da Silva.

— Pourquoi ?

— Viens voir, et regarde bien cette carte, et dis-moi où est située l'avenue du Général de Gaulle. Elle se trouve face au parc Napoléon. Elle longe la clôture du parc Napoléon. Et où a-t-on retrouvé le corps de Félix Lokito ? Dans le parc Napoléon ! S'il a été tué là, c'est qu'il avait rendez-vous avec sa maîtresse, Adèle Da Silva.

— Ah ! Mais tu as raison Jean-Marc, je n'ai pas tilté tout de suite.

— Je pense que c'est elle la maîtresse de Félix Lokito que nous recherchons. Il se trouvait peut-être dans son appartement quand il a été agressé au couteau. Il a dû s'enfuir et s'est réfugié dans le parc Napoléon où il est décédé des suites de ses blessures. Je rejoins ton hypothèse du début qu'une bagarre avait eu lieu entre lui et son assaillant, et qu'il a fui avant de sauter la grille du parc. Ça ne peut être que de cette façon qu'il s'est retrouvé dans ce jardin public. Quelqu'un lui courait après, et il a eu très peur, il a fait le mur du parc Napoléon pour se cacher.

— Alors qui était à sa poursuite ? demanda Mariotti.

— Ça, c'est une bonne question, répondit Balagot.

— On convoque cette Adèle Da Silva ou bien on demande un mandat au juge pour aller perquisitionner chez elle ?

— Tu m'as dit que cette femme était mariée, et c'est peut-être son mari qui est dans le coup. Il a découvert que Félix Lokito était l'amant de sa femme, ou il les a surpris dans le parc Napoléon, et il l'a tué en lui donnant des coups de couteau, dit Jean-Marc Balagot.

— Nous devons l'arrêter avant qu'il ne prenne la fuite.

— Arnaud, je te propose qu'on aille lundi matin interroger son épouse dans l'école primaire où elle travaille, et s'il s'avère qu'elle couchait avec Félix Lokoto, elle va tout nous raconter sur ce qui s'est réellement passé. Elle va avouer. Nous lui mettrons la pression s'il le faut. Nous allons la pousser dans ses retranchements pour avoir des aveux.

Violette Balagot était rentrée à Yutz et était allée directement au domicile de ses grands-parents. Son père qui vint manger à midi chez sa mère fut surpris de la voir.

— Ah ! Tu es là ma chérie ?

— Oui papa.

— Tu n'as pas eu cours aujourd'hui ?

— Non, le prof qui devait nous faire cours ce matin et cet après-midi est parti à Paris pour un colloque, du coup, je suis rentrée plus tôt que prévu. Je ne voulais pas passer le week-end à Nancy.

— Est-ce que tu es au courant pour grand-père ?

— Oui, Valérie m'a appelée hier soir pour me dire que grand-père a fait un accident cérébral et a été hospitalisé.

— C'est ça, il a fait un AVC, mais il est sorti du coma.

— On m'a dit qu'il est paralysé.

— Mais pas tout le corps. Il a un bras et une jambe paralysés, mais dès sa sortie de l'hôpital il ira faire des séances de rééducation chez un kiné.

— Comment va-t-il se déplacer ?

— Il ira en ambulance. Il est assuré, et sa mutuelle prendra en charge ses frais de déplacement.

— Le kiné ne peut pas venir sur place pour lui procurer les soins ?

— Non Violette, dans un cabinet de kiné il y a des machines qu'un patient utilise pour sa rééducation. Ici, comme tu vois, il n'y a pas ces machines.

— C'est la première fois que Papy fait un AVC ?

— Oui, c'est la toute première fois que cela lui arrive.

— Papa, Mamie vient de me dire que vous allez lui rendre visite cet après-midi ?

— Oui.

— Je viens avec vous.

— D'accord. Violette, tu pourrais s'il te plaît sortir le chien au retour de l'hôpital ?

— Oui papa, quand je suis arrivée, il n'a pas arrêté d'aboyer.

— C'est parce qu'il t'aime bien, ou encore c'est parce que son maître n'est pas là.

— Papa, je passe bientôt mon permis de conduire.

— Tu le passes quand exactement ?

— À la fin du mois de février.

— Comment va ton petit ami ?

— Gaëtan va bien, il a cours toute la journée. Papa, Gaëtan et moi avons prévu de prendre un appartement ensemble à la prochaine rentrée.

— Qu'en pense ta mère ?

— Je ne lui en ai pas encore parlé.

— Quand penses-tu le lui dire ?

— Ce soir.

— Moi, personnellement, je ne suis pas contre, mais ta mère a son mot à dire, même si tu es majeure et que nous connaissons bien ton petit ami.

— Papa, j'ai décidé de prendre un job d'étudiant à Nancy.

— Tu travailleras dans quoi ?

— J'ai envoyé mon CV à plusieurs restos de Nancy. Je l'ai adressé également à des boutiques de fringues.

— Ça te permettra d'économiser un peu d'argent pour pouvoir t'acheter une voiture.

— Oui, c'est d'ailleurs le but. Je prends un job en travaillant quinze à vingt heures par semaine, car mon statut d'étudiante m'interdit de travailler plus de vingt heures par semaine. Je ne travaillerai que les week-ends.

— Bien ! As-tu déjà une idée de la voiture que tu veux acheter ?

— Papa, laisse-moi d'abord réussir mon permis !

— Tu as décroché facilement ton code, je ne vois pas pourquoi tu louperais ton permis.

— C'est faire le créneau qui m'angoisse le plus. J'ai peur de manquer mon permis à cause de ça.

— Violette, c'est la chose que tu dois évoquer avec ton moniteur d'auto-école à chaque fois que vous roulez. Tu dois t'entraîner à faire des créneaux.

— Maman m'a montré.

— Si tu réussis ton permis, tu pourrais au début emprunter ma voiture pour ne pas perdre la main, en attendant d'avoir ta propre bagnole.

— Merci papa, dit Violette.

Violette Balagot était en deuxième année de licence de droit, et rêvait de devenir avocate. Elle avait des idées conservatrices contrairement à sa petite sœur Valérie qui était une activiste écolo pure et dure, toujours prête à aller manifester dans la rue contre la déforestation et la pollution, contre le système économique dévoyé, pour sauver la planète et supprimer toutes les centrales nucléaires dans le monde.

Jean-Marc Balagot, sa fille Violette et sa mère mangèrent de la viande et des pommes de terre rôties, avant de se rendre à l'hôpital Bel-Air.

Jean-Marc Balagot et son collègue Arnaud Mariotti arrivèrent devant l'école primaire publique où travaillait Adèle Da Silva. Ils garèrent leur voiture banalisée en face de l'établissement. On entendait le chahut des écoliers depuis la rue. C'était l'heure de la récréation. Les élèves couraient et jouaient dans la cour. Ils plaisantaient à tue-tête, sous la surveillance de leurs enseignants et d'une AVS[10]. Le préau de cet établissement scolaire avait une superficie de plusieurs centaines de mètres carrés. Les deux policiers se présentèrent devant l'accueil, et furent immédiatement conduits dans le bureau de la directrice, qui était également l'une des enseignantes de l'école. Jean-Marc Balagot se présenta à elle et lui expliqua le but de leur venue : interroger Madame Da Silva.

Cette dernière était une petite femme boulotte, emmitouflée ce jour-là dans un manteau. Elle portait un bonnet et des lunettes. La quarantaine se lisait sur son visage où s'affichait un sourire à fossettes.

— Bonjour Madame Da Silva.

— Bonjour Messieurs.

— Je me présente, je suis le capitaine Jean-Marc Balagot, et voici mon collègue, le lieutenant Arnaud Mariotti. Nous travaillons tous les deux au commissariat de Thionville, et sommes chargés de l'enquête criminelle concernant la mort d'un homme d'origine africaine, dont le corps a été retrouvé dans le parc Napoléon. Cet homme s'appelait Félix Lokito et était de nationalité congolaise, plus précisément de la République Démocratique du Congo. Il exerçait le métier de producteur de musique et venait souvent en France dans le cadre de son travail. Il avait des attaches ici à Thionville où il a été assassiné. Est-ce que le nom de ce Monsieur vous dit quelque chose ?

— Oui, je le connaissais, répondit Adèle Da Silva.

— Étiez-vous au courant de sa mort ?

---

[10] Assistance de vie scolaire.

— Je l'ai lu dans le journal.

— Quels étaient vos liens avec Monsieur Lokito ? Il était un simple ami ou vos liens allaient au-delà ? interrogea Jean-Marc Balagot.

— Nos liens étaient plus forts, murmura Adèle Da Silva.

— Il était votre amant ?

— Oui, avoua la femme.

— Pourquoi ne vous êtes-vous pas manifestée auprès de la police lorsque vous avez appris sa mort ? Vous saviez qu'on recherchait son assassin ? demanda Jean-Marc Balagot.

— J'avais peur.

— Mais Madame, vous étiez amants, et votre aide nous aurait permis d'identifier vite celui ou celle qui l'a poignardé à mort !

— Je suis une femme mariée, comment aurais-je osé venir vous voir au commissariat et vous dire que j'étais sa maîtresse ?

— Bon ! Nous avons beaucoup de questions à vous poser. Voulez-vous qu'on vous interroge ici à l'école ou souhaitez-vous qu'on aille au commissariat ? demanda Jean-Marc Balagot.

— Je préfère vous suivre au commissariat. Mais si vous permettez, j'ai une faveur à vous demander.

— On vous écoute.

— Je ne veux pas marcher avec vous dans la cour de l'école sous les regards des élèves et de mes collègues.

— On ne vous passera pas les menottes !

— Ce n'est pas ce que je voulais dire...

— Alors, qu'est-ce que vous voulez nous dire ?

— Je veux qu'on attende la fin de la récréation, quand tous les élèves et leurs enseignants retourneront en classe, et nous pourrons partir, dit Adèle Da Silva en essuyant une larme.

La sonnerie retentit, et la cour de récréation se vida progressivement de ses élèves et de leurs professeurs. Le chambard des enfants cessa, plus aucun écolier ne placotait.

Avant de quitter l'école primaire en compagnie de l'institutrice, Jean-Marc Balagot expliqua à la directrice que son enseignante risquait d'être accusée de complicité de meurtre et mise en examen, et qu'il fallait dès maintenant lui trouver une remplaçante pour sa classe de CM2.

Adèle Da Silva monta dans la voiture des policiers. Tout au long du trajet jusqu'au commissariat, elle eut les larmes aux yeux, et semblait être à bout de nerfs. Elle était clairement en train de craquer. Elle aimait beaucoup Félix Lokito, qu'elle avait rencontré par hasard, en plein été, sur les rives de la Moselle, à l'occasion de *Rives en fêtes*. La mairie de Thionville avait copié la ville de Metz en inventant *Rives en fêtes*, qui elle-même avait réaménagé *Metz-Plage* pour mieux concurrencer *Paris-Plage.*

Adèle Da Silva, une fois arrivée au commissariat, était prête à tout dire aux policiers. Elle allait se mettre à table et raconter sa relation avec Félix Lokito, le Black qui la faisait monter au septième ciel.

— Madame Da Silva, voulez-vous un café ou de l'eau ? proposa Jean-Marc Balagot.

— Non, merci.

— Voulez-vous un mouchoir ?

— Non, j'en ai dans mon sac, dit-elle en fouillant dans son sac à main.

Dans le bureau des deux policiers, elle vit défiler tous les moments de bonheur qu'elle avait vécus avec Félix Lokito. Elle pensait à leurs rendez-vous clandestins, et à leurs discrètes promenades dans les bois autour de Thionville.

— Madame Da Silva, vous êtes placée en garde à vue pour une durée de vingt-quatre heures. Vous avez le droit de voir un médecin, et le droit d'être assistée par un avocat, dit Jean-Marc Balagot.

— Je n'ai pas besoin que vous appeliez un avocat, et je ne veux pas voir un médecin, répondit la femme.

— Pour commencer, dites-nous, comment vous vous êtes rencontrés avec Monsieur Lokito.

— On s'est rencontrés en juin de l'année dernière.

— C'était chez des amis ou bien sur internet ?

— Non, c'était pendant *Rives en fêtes* qui se passe le long de la Moselle. Je me promenais seule au milieu de la foule, lui également, il m'a abordée et invitée à aller boire un verre.

— Et ensuite ?

— Au début, on s'appelait juste pour prendre de nos nouvelles, et au bout d'un mois, nous avons commencé à sortir ensemble.

— Il est devenu votre amant un mois après votre rencontre ?

— Oui.

— Est-ce que vous saviez qu'il était un homme marié dans son pays, et qu'il avait une maîtresse ici à Thionville, chez qui il vivait lorsqu'il venait lui rendre visite ?

— Félix ne m'a rien caché de la double vie qu'il menait. Il m'a tout dit dès le début de notre liaison. J'ai mais beaucoup sa franchise, répondit Adèle Da Silva.

— Qu'est-ce qu'il vous a dit exactement ?

— Il m'avait dit qu'il avait une femme et des enfants dans son pays, la RDC, et qu'il ne venait qu'occasionnellement en France. Il m'avait avoué qu'il entretenait une relation adultère avec une Africaine vivant ici à Thionville, mais qu'il n'y avait plus beaucoup d'amour entre eux, et moi de mon côté, l'amour n'était plus très fort avec mon mari. Nous nous sommes retrouvés et nous sommes tombés amoureux l'un de l'autre. Je me suis fortement attachée à lui.

— Depuis combien de temps êtes-vous mariée ? demanda Jean-Marc Balagot.

— Cela fait maintenant neuf ans.

— Vous avez toujours travaillé comme enseignante ? interrogea Arnaud Mariotti.

— Oui, mais avant je ne travaillais pas à Thionville.

— Vous travailliez où ?

— J'enseignais dans une école primaire de Bouzonville. J'habitais là-bas avec mon premier mari. Et à la suite de notre divorce, j'ai demandé à être mutée à Thionville.

— Avez-vous des enfants ? interrogea Jean-Marc Balagot.

— Non.

— Et votre mari actuel ?

— Lui, il a un fils, mais il vit au Cap-Vert.

— Il est originaire du Cap-Vert ?

— Oui, il est Cap-verdien. Il est né et a grandi là-bas.

— Pourriez-vous nous dire comment vous vous êtes connus ?

— Nous nous sommes rencontrés dans une boîte de nuit ici à Thionville.

— Et où habitait-il au moment de votre rencontre ?

— Il vivait déjà à Thionville à l'époque où je l'ai connu, alors que moi je venais à peine de m'y installer, répondit Adèle Da Silva.

— À quel moment votre mari est-il arrivé en France ? interrogea Arnaud Mariotti.

— Il avait vingt ans lorsqu'il est venu habiter en France.

— Quel âge a-t-il aujourd'hui ?

— Il a cinquante-et-un ans.

— Que fait-il dans la vie ?

— Il travaille comme ouvrier maçon.

— Connaissait-il Monsieur Félix Lokito ?

— Non, mon mari ne le connaissait pas.

— Était-il au courant de votre liaison ?

— Je ne crois pas. Il ne m'a jamais fait la remarque.

— Connaissez-vous Micheline Kakoulouna qui réside à Thionville, qui était aussi la maîtresse de Félix Lokoto, et qui est originaire comme lui de la RDC ?

— Je ne peux pas dire que je la connais personnellement, répondit Madame Adèle Da Silva.

— Mais vous l'avez déjà croisée ?

— Oui, une ou deux fois.

— Dans quelles circonstances l'avez-vous rencontrée ?

— Je les avais croisés tous les deux en ville.

— Vous l'avez saluée à cette occasion ?

— Oui, bien sûr, je ne pouvais pas ne pas lui dire bonjour même si nous étions rivales.

— C'était donc par hasard que vous l'avez rencontrée ?

— Non, c'est Félix qui avait imaginé un stratagème pour que je la voie.

— Qu'a-t-il fait ?

— C'était un samedi. Il m'avait téléphoné deux heures auparavant pour me dire qu'il allait avec Micheline à la grande poste, et j'ai fait exprès de m'y rendre moi aussi pour acheter des timbres afin de les croiser.

— Et lui, Félix Lokito, connaissait-il votre mari ?

— Oui, j'avais imaginé de mon côté un stratagème pour qu'il le voie.

— Et qu'est-ce que vous avez imaginé pour qu'il rencontre votre mari ?

— On avait prévu avec mon mari d'aller prendre l'air dans le parc Napoléon. C'était un dimanche, et il faisait très beau. Il y avait du monde qui se promenait ce jour-là dans le parc. Je l'ai appelé pour lui dire de venir se balader l'après-midi dans le parc Napoléon s'il voulait croiser mon mari.

— Et il est venu ?

— Oui, il est venu se balader dans le parc et il nous a croisés.

— Vous vous retrouviez quand et où ?

— On se voyait ici dans des cafés. Nous allions parfois manger au restaurant. Je prenais ma voiture et on allait à Amnéville où nous louions une chambre d'hôtel. Nous visitions le Zoo. Félix aimait beaucoup le Zoo d'Amnéville.

— Vous vous rendiez souvent à Amnéville ?

— Pas tout le temps, car je suis mariée, et je travaille du lundi au vendredi. Il arrivait aussi qu'il vienne me voir à mon appartement.

— Et Micheline Kakoulouna ne se doutait de rien ?

— Non, je vous ai dit que leur amour battait de l'aile. Je ne pense pas qu'elle se soit doutée un jour que Félix entretenait une relation avec moi. Et de mon côté, mon mari s'absentait très souvent de Thionville.

— Madame Da Silva, pouvez-vous préciser ce que vous venez de dire, qu'il s'absentait très souvent de Thionville ?

— L'entreprise de travaux publics qui l'emploie décroche des contrats un peu partout en France, et leurs chantiers durent parfois de trois à six mois, voire plusieurs années. Et lorsqu'il s'en va travailler loin de la Lorraine, il ne rentre pas tous les soirs. Il dort sur place et ne revient à la maison que le week-end, ou bien toutes les deux semaines. C'est pourquoi je parle des absences longues et prolongées de mon mari, à cause de son travail sur des chantiers.

— Et, je suppose que c'est lors de ces absences longues et prolongées de votre mari que Félix Lokito venait vous voir ?

— Oui.

— Et quand il venait vous voir, combien de temps restait-il ?

— Il restait quelques heures.

— Il n'a jamais passé une nuit chez vous ?

— Non.

— Madame Da Silva, vous habitez bien sur l'avenue du Général de Gaulle ?

— Oui Monsieur.

— Votre appartement donne face au parc Napoléon ?

— Oui.

— Allez-vous souvent dans le parc Napoléon ?

— Cela m'arrive souvent en été. J'aime bien aller m'y balader.

— Madame, les semaines, voire le mois qui a précédé la mort de Félix Lokito, lui et Micheline Kakoulouna ne se sont jamais téléphoné. Ils n'étaient plus ensemble. Étiez-vous au courant de leur rupture ?

— J'étais au courant de leur séparation. Félix m'avait téléphoné depuis Paris pour me le dire.

— Vous dites bien qu'il vous a téléphoné depuis Paris pour vous informer que c'était fini entre eux ?

— Oui.

— Vous savez donc qu'il était retourné habiter chez son frère ou chez son cousin en région parisienne ? demanda Jean-Marc Balagot.

— Oui Monsieur.

— Dites-nous Madame, dites-nous clairement, et ne cherchez pas à nous mentir, car nous avons la conviction, vu les éléments en notre possession, que vous êtes complice de ce meurtre. Est-ce que Félix Lokito avait rendez-vous avec vous le jour où il a été assassiné dans le parc Napoléon ? Il n'est pas revenu à Thionville pour voir Madame Kakoulouna. Vous êtes la dernière personne avec qui il était encore en lien ici, car vous entreteniez une liaison amoureuse avec lui. Tout le temps qu'il venait à Thionville, il ne s'est pas fait d'amis auxquels il aurait pu rendre visite. Vous étiez sa maîtresse et son unique contact à Thionville. On n'a pas trouvé de téléphone portable sur lui. Nous pensons qu'il a dû le perdre au moment où il a sauté la grille du parc Napoléon. Mais si on prenait votre portable et qu'on épluchait vos relevés téléphoniques la semaine où Félix Lokito a été poignardé, nous obtiendrions des informations cruciales. Nous découvririons que vous vous êtes téléphoné. Nous aurons accès aux SMS que vous avez échangés tous les deux. Nous pensons que c'est votre mari qui l'a tué. Ils ont dû se bagarrer et les choses ont mal tourné. Votre mari n'avait pas prévu de rentrer ce jour-là à Thionville, mais il vous a surpris dans votre appartement, et une rixe a éclaté entre les deux hommes, et votre époux a poignardé votre amant. Félix Lokito s'est enfui avant d'aller se cacher dans le parc Napoléon en voyant qu'il était poursuivi par un homme armé avec un couteau. Je pense que c'est un crime passionnel, mais sans préméditation. C'est notre hypothèse, et ne nous dites pas qu'on se trompe, qu'on fait fausse route en vous accusant vous et votre mari. On a trouvé une empreinte digitale sur le corps de Félix Lokito, et nous allons la comparer avec celle de votre époux, expliqua Jean-Marc Balagot.

Madame Da Silva se mit à pleurer devant les arguments que venaient de lui détailler Jean-Marc Balagot. Arnaud Mariotti ajouta à son tour :

— Madame, on comprend que vous voulez protéger votre mari, mais c'est la vérité. D'après nous, c'est à peu près ainsi que les choses se sont déroulées. Dès le début de notre enquête, on a eu la conviction que l'assassin de Félix Lokito n'habitait pas loin du parc Napoléon. C'était notre certitude. Et quand on a su que vous étiez sa maîtresse, et que vous habitiez sur l'avenue Général de Gaulle, face au parc Napoléon, il n'y avait plus aucun doute pour nous. Votre mari ne voulait pas tuer Félix Lokito. On soutiendra que c'était un crime passionnel sans préméditation. Cela pourrait vous éviter d'aller en prison. Nous pensons que vous n'êtes pas directement impliquée dans cet assassinat, mais c'est plutôt votre mari qui l'a tué. Il faut nous dire toute la vérité.

— Il ne devait pas rentrer ce soir-là à la maison parce qu'il travaillait sur un chantier à Nantes, mais il est rentré et nous a surpris ensemble. Ils se sont bagarrés, et mon mari est allé chercher le couteau dans la cuisine et l'a poignardé. Félix a tenté de s'enfuir, mais il l'a poursuivi avec le couteau. J'ai essayé de le retenir, mais il n'arrêtait pas de crier : « Je vais le tuer ! Je vais le tuer ! » Je n'ai pas eu le courage d'appeler la police pour le dénoncer lorsque j'ai su que Félix était mort ce soir-là dans le parc Napoléon. Mon mari m'a suppliée de ne pas aller au commissariat. Nous avons gardé le secret. Je regrette beaucoup ce qui s'est passé, dit Adèle Da Silva, en sanglotant.

— Madame, le juge d'instruction va vous mettre en examen pour complicité et non-dénonciation de crime, lui dit Jean-Marc Balagot.

— Je ne veux pas aller en prison ! cria Adèle Da Silva.

— On va vous juger Madame, et vous serez vraisemblablement condamnée. Quant à moi, je vais prolonger votre garde à vue de vingt-quatre heures, en attendant le mandat du juge pour aller perquisitionner chez vous. Le couteau qui a tué Félix Lokito doit encore s'y trouver, dit Jean-Marc Balagot.

— Ce n'est pas moi qui l'ai tué !

— Non Madame, ce n'est pas vous, de toute façon vous serez confrontée à votre mari. Maintenant, dites-nous où il se trouve actuellement ?

— Il travaille sur un chantier à Maizières-les-Metz.

— À quelle adresse ?

— Je ne connais pas l'adresse exacte. Je sais seulement qu'ils sont en train de construire de nouveaux logements à Maizières-les-Metz.

Jean-Marc Balagot et Arnaud Mariotti mirent leurs gilets pare-balles et emportèrent leurs pistolets Glock pour aller à Maizières-les-Metz arrêter Monsieur Da Silva. Mais avant leur départ, ils appelèrent le juge chargé de l'enquête pour avoir un mandat. Ils allèrent voir leur chef pour l'informer des aveux de Madame Da Silva.

— Bonjour chef.

— Bonjour Jean-Marc, bonjour Arnaud.

— Madame Da Silva vient d'avouer, c'est bien son mari qui a poignardé Félix Lokito.

— Ah bon ! Elle est passée aux aveux.

— Oui, c'était bien elle l'autre maîtresse de Félix Lokoto. Son mari l'a surprise dans leur appartement avec son amant, une bagarre a éclaté entre les deux hommes, et le mari a attrapé un couteau dans la cuisine et l'a poignardé. L'hypothèse qu'on avait dès le début s'est confirmée. Un mari jaloux qui tue l'amant de sa femme. Il s'agit en tout cas d'un crime passionnel, mais sans préméditation.

— C'est donc une histoire de fesses qui a conduit au meurtre, dit le commissaire.

— Oui chef, et elle a signé ses aveux. Nous l'avons mise en garde à vue. Maintenant, nous allons arrêter son mari, dit Arnaud Mariotti.

— Où est-il ?

— Sa femme nous a dit qu'il travaille actuellement sur un chantier de logement à Maizières-les-Metz.

— Avez-vous un mandat ?

— Oui chef.

— Que fait son époux ?

— Il est maçon. C'est la raison pour laquelle il est sur un chantier de construction.

— Bravo les gars ! Allez vite me chercher cet enfoiré.

Mattéo Da Silva ne pensait pas que son épouse allait le balancer à la police. En voyant cet après-midi-là deux hommes avec leurs brassards de police s'avancer vers lui, il n'eut pas envie de s'enfuir, ni même de protester quand le capitaine Balagot et le lieutenant Mariotti pointèrent leurs armes, tout en criant « police ! Mettez vos mains en l'air ! » On lui passa les menottes avant de lui montrer le mandat d'arrêt. Il savait désormais qu'il allait sans aucun doute passer une grande partie du reste de sa vie en prison. C'était un homme grand et costaud, le visage basané, avec une tignasse sur la tête. Il portait une barbe fournie et avait un nez bulbeux. Sa combinaison de travail était couverte de saleté. Trois hommes moricauds, parmi la quinzaine d'ouvriers, travaillaient sur la construction de ces logements sociaux. Ses collègues maçons s'étonnèrent de cette irruption des policiers sur leur chantier. Ils ne comprirent pas ce qui se passait, jusqu'à ce que le chef de chantier s'avança pour parler avec Jean-Marc Balagot et Arnaud Mariotti. Les deux flics lui montrèrent le mandat du juge en lui expliquant que Monsieur Da Silva était soupçonné d'assassinat. Le chef de chantier informa à son tour ses camarades ouvriers maçons qui n'en crurent pas leurs oreilles. Ils étaient loin de s'imaginer que Mattéo Da Silva soit devenu assez siphonné pour oser supprimer quelqu'un par jalousie.

Dès leur arrivée au commissariat, plusieurs collègues policiers et le commissaire en personne entrèrent dans le bureau de Jean-Marc Balagot et d'Arnaud Mariotti pour voir le coupable. L'homme tant recherché. Les enquêteurs tinrent à l'auditionner avant de le confronter à sa femme, pour obtenir sa confession. On lui enleva les menottes avant de commencer l'interrogatoire.

— Monsieur Da Silva, savez-vous pourquoi nous sommes venus vous chercher à votre travail ? Nous vous soupçonnons d'être le meurtrier de Monsieur Félix Lokito, un citoyen africain retrouvé mort, poignardé ici à Thionville, dans le parc Napoléon. Cet homme était originaire de la République Démocratique du Congo. Il était l'amant de votre épouse, qui vient d'avouer cc qui s'est passé ce soir-là chez vous, lorsque vous êtes rentré à la maison et que vous les avez surpris. Elle nous a tout raconté. Elle est en garde à vue, et nous allons tout à l'heure vous confronter tous les deux. Vous serez mis en examen pour assassinat. Je tiens à préciser que vous êtes en garde à vue, et que vous avez le droit de voir un médecin. Vous avez également le droit de demander l'assistance d'un avocat. Votre femme pensait que vous ne rentriez pas ce jour-là, et c'est pourquoi elle avait invité Félix Lokito dans votre appartement. Elle l'invitait de temps en temps quand vous vous absentiez plusieurs jours pour votre travail sur des chantiers, expliqua Jean-Marc Balagot.

— Oui, je travaillais à ce moment à Nantes pour la construction d'un lycée, dit Mattéo Da Silva.

— Est-ce que vous connaissiez auparavant Monsieur Félix Lokito ?

— Non, je ne le connaissais pas avant.

— Vous ne savez donc pas qu'il couchait avec votre femme ? interrogea Arnaud Mariotti.

— J'avais des soupçons. Je pensais que mon épouse me trompait pendant mes absences, et c'est la raison pour laquelle je suis revenu par surprise voir si elle était ou pas à la maison. Je ne croyais pas la surprendre chez nous en compagnie de son amant. C'est ça qui m'a rendu fou et qui m'a poussé à poignarder cet homme. Je ne voulais pas le tuer. Nous nous sommes bagarrés, et à un moment je suis allé chercher le couteau dans la cuisine et je l'ai poignardé.

— Comment sont nés vos doutes sur l'infidélité de votre femme ? demanda Arnaud Mariotti.

— Quand je partais travailler loin de Thionville, et que je ne pouvais pas rentrer tous les jours à la maison, le soir en appelant ma femme, je constatais qu'elle était souvent absente, et c'est là où j'ai commencé à avoir quelques doutes.

— Vous l'appeliez sur quel téléphone ?

— Je l'appelais d'abord sur notre ligne fixe. Et seulement après, je lui téléphonais sur son portable pour savoir où elle se trouvait.

— Et qu'est-ce qu'elle vous disait ?

— Elle me racontait qu'elle était partie dîner chez des amies, ses copines enseignantes.

— Vous la croyiez lorsqu'elle vous disait cela ?

— Je peux dire qu'au début je la croyais, mais par la suite j'ai commencé à douter. Je ne la croyais plus. J'avais deviné qu'elle me racontait des salades. Et je commençais à me demander si elle n'avait pas rencontré un autre homme.

— Monsieur Da Silva, est-ce que votre couple marchait bien, ou était-il en train d'éclater ?

— Notre couple a connu parfois des hauts et des bas, comme beaucoup de couples, mais on a toujours surmonté nos problèmes ma femme et moi. Nous continuons à nous aimer malgré tout.

— Votre femme nous a dit que si elle a pris un amant, c'est parce que votre ménage connaissait des difficultés. Vous ne vous entendiez plus bien.

— Elle ment, notre couple dès les premières années a toujours connu des problèmes.

— Monsieur Da Silva, vous êtes Français, et vous avez des origines cap-verdiennes si je ne me trompe pas ? Vous êtes né et avez grandi au Cap-Vert.

— Oui, je suis né en Afrique, au Cap-Vert.

— Lorsque vous êtes arrivé en France, vous avez tout de suite rencontré votre épouse Adèle ?

— Non, je sortais au début avec une autre femme française, ensuite j'ai connu une Cap-Verdienne qui vit au Luxembourg, avant de faire la connaissance d'Adèle. Nous avons longtemps vécu ensemble avant de nous marier.

— Vous aimez votre épouse ?

— Effectivement, j'aime beaucoup ma femme.

— Vous avez commis un crime passionnel. Vous adorez tellement votre femme que vous n'avez pas supporté qu'elle vous trompe ?

— Monsieur, j'ai trouvé cet homme chez moi en train d'embrasser ma femme. J'ai eu de la colère et la bagarre a éclaté entre nous. Je vous jure que je ne voulais pas le tuer. Il m'a donné un coup de poing au visage qui m'a fait très mal. Il m'a savaté, et je me suis précipité dans la cuisine, j'ai attrapé un couteau et je l'ai ensuite poignardé. J'ai agi en état de légitime défense, prétendit Mattéo Da Silva.

— Mais il s'est débattu, Monsieur Félix Lokito, l'amant de votre femme ? interrogea Arnaud Mariotti.

— Oui, en me poussant contre le mur, mais il s'est enfui quand je l'ai poignardé, et je l'ai poursuivi dans les escaliers avant de m'arrêter devant la porte de notre immeuble.

— Vous ne l'avez pas poursuivi dans la rue, voire jusqu'au parc Napoléon où il s'était réfugié ? demanda Jean-Marc Balagot.

— Non, je ne l'ai jamais poursuivi en dehors de notre immeuble. Je suis vite retourné dans notre appartement où je me suis mis à engueuler et à frapper ma femme.

— Vous avez l'habitude de frapper votre femme ?

— Non Monsieur, c'était la première fois que je portais la main sur mon épouse. Si je l'ai tapée ce soir-là, c'est que j'avais une grosse colère. Elle venait de m'humilier. Elle m'avait trompé en couchant avec un autre homme. Et je pense que si vous étiez à ma place, vous auriez sans doute réagi de la même façon.

— Non, je ne crois pas que j'aurais réagi comme vous l'avez fait, répondit Jean-Marc Balagot.

— Monsieur, je vous répète que je ne voulais pas tuer ce type. Je savais que je l'avais blessé avec mon couteau de cuisine, mais j'ignorais qu'il allait mourir de ses blessures.

— Vous pensiez à quoi après l'avoir poignardé ? interrogea Arnaud Mariotti.

— Je pensais qu'il allait se rendre rapidement à l'hôpital, et allait porter plainte contre moi à la police.

— Quand avez-vous appris qu'il était mort ?

— C'est ma femme qui me l'a dit. Elle l'a lu dans le journal. Elle est rentrée ce jour-là à la maison en pleurant. Elle m'a assuré qu'elle n'irait pas me dénoncer au commissariat, car personne à part elle n'avait été témoin de ce qui s'était passé ce soir-là chez nous. Nous avons gardé le silence. Je ne suis pas un assassin. Nous nous sommes bagarrés tous les deux, et il fallait que je me défende par tous les moyens.

— Vous êtes retourné le lendemain travailler à Nantes après l'avoir poignardé ?

— Oui, je suis reparti en direction de Nantes pour être sur le chantier.

— Et tout s'est bien passé sur place ? Personne ne vous a fait une quelconque remarque sur votre comportement ?

— Non, j'étais le même homme, je me suis comporté tout à fait normalement sur ma façon d'être et de travailler. Je me suis consacré à mon travail pour oublier ce qui s'était passé.

— Le couteau avec lequel vous avez poignardé Félix Lokito, il est toujours dans votre cuisine ?

— Non, je l'ai jeté.

— Où l'avez-vous jeté ? demanda Arnaud Mariotti.

— Dans la Moselle.

— Monsieur Da Silva, nous allons maintenant vous confronter avec votre femme.

— Ma femme n'a rien fait, elle n'a rien à voir dans la mort de ce type. Je suis le seul responsable. C'est moi seul qui l'ai poignardé, s'insurgea Monsieur Da Silva.

— Elle n'est à aucun moment intervenue dans la bagarre ?

— Non, elle ne faisait que crier, essayer d'alerter les voisins.

— Les voisins ne sont jamais venus vous séparer ? interrogea Arnaud Mariotti.

— Non, ils n'étaient pas là.

— Elle n'a pas appelé la police non plus ?

— Non, elle n'a rien fait à part crier pour nous demander d'arrêter de nous battre.

— Vous tenez peut-être à protéger votre épouse ?

— Je ne cherche pas à la protéger, mais je ne peux pas inventer quelque chose qu'elle n'a pas fait. Ce n'est pas elle qui est allée chercher le couteau dans la cuisine pour que je poignarde son amant. Je vous répète encore que je suis le seul coupable dans cette affaire. Ma femme a été la maîtresse de ce type, mais il ne faut pas la mêler à ça. S'il y a quelqu'un qui doit aller en prison, c'est moi, et moi seul.

— Nous allons quand même vous confronter, ensuite nous irons perquisitionner dans votre appartement. Peut-être que vous n'avez pas jeté le couteau qui a servi à poignarder Félix Lokito. Vous serez dès demain déférés au parquet pour être mis en examen. Vous serez placés tous les deux en détention provisoire à la prison de Metz dans l'attente de votre procès. Nous allons prendre vos empreintes pour les comparer à celles retrouvées sur le corps de Félix Lokito, dit Jean-Marc Balagot.

— Monsieur, je vous dis que ma femme n'a rien fait ! dit Mattéo Da Silva.

— D'accord, mais elle aurait dû au moins venir nous voir pour dénoncer le crime dont elle a été le témoin direct, au lieu de garder le secret. Si nous n'avions pas découvert qu'elle couchait avec Félix Lokito, et si nous n'étions pas remontés jusqu'à elle, ce crime ne serait pas encore élucidé.

Sandrine Zagler voulait immédiatement aller à la pêche aux informations sur les derniers rebondissements dans l'enquête concernant la mort de Félix Lokito. Jean-Marc Balagot lui avait laissé un message sur son répondeur. Elle le rappela aussitôt.

— Bonjour Jean-Marc.

— Bonjour Sandrine.

— Je viens d'écouter ton message téléphonique, il y aurait du nouveau dans le meurtre de l'Africain ?

— Oui, nous venons d'arrêter l'assassin, dit le policier.

— C'est qui ?

— C'est le mari de sa deuxième maîtresse qui vit également à Thionville.

— Ah ! Mais ce gars était un sacré dragueur ! Il se tapait deux femmes en même temps, et en plus dans la même ville, tout en étant marié en Afrique, dit Sandrine Zagler.

— Le meurtrier est un Français d'origine cap-verdienne, et sa femme qui couchait avec Félix Lokito travaille dans une école primaire ici à Thionville.

— Jean-Marc, pourquoi tu le désignes déjà comme l'assassin ? Il est présumé coupable tant qu'il n'a pas encore été jugé.

— Il a fait des aveux circonstanciés.

— Oui, je sais, mais c'est au tribunal de dire si c'est réellement lui le meurtrier.

— Sandrine, on peut aller boire un verre cet après-midi, et je te donnerai tous les détails pour ton article.

— Volontiers, tu veux qu'on se voie où ?

— Mais au même endroit, à moins que tu aies envie de changer ?

— Non, c'est bon, on se retrouve au bar la Moselle.

— À quinze heures, ça te dit ?

— Ok ! À tout à l'heure.

Sandrine Zagler ayant l'habitude d'être très ponctuelle arriva la première dans le bar. Elle portait un jean, avec des chaussures à talons et un manteau de couleur marron. Il continuait à faire un temps très hivernal, mais la neige ne tombait pas abondamment dans l'Est de la France, tout comme dans l'ensemble du pays. Les saisons n'étaient plus les mêmes depuis longtemps, et cela bouleversait la vie et les habitudes des citoyens. Dans les stations de ski, on fabriquait désormais de la neige artificielle pour éviter la faillite. Et il était prévu de produire très prochainement du soleil artificiel sur les plages en été. Nous ne serons jamais au bout de nos surprises tant que l'esprit de profit guidera le monde.

Jean-Marc Balagot arriva avec dix minutes de retard. Comme Sandrine, il commanda un grand café. La journaliste du Républicain Lorrain sortit un petit carnet de son sac pour prendre des notes concernant l'article qu'elle s'apprêtait à écrire.

— Jean-Marc, tout à l'heure au téléphone tu m'as dit que le présumé coupable a avoué facilement son acte ?

— C'est ça, il a admis être à l'origine de la mort de Félix Lokito.

— Il a vraiment reconnu les faits que c'est lui qui l'a poignardé ? Il s'est allongé rapidement ?

— Exact, il est vite passé aux aveux. Il n'a d'ailleurs opposé aucune résistance lors de son arrestation.

— Il s'y attendait peut-être. Il savait qu'un jour ou l'autre la police allait le retrouver et l'arrêter.

— Oui, je pense qu'il l'appréhendait un peu. Tu sais, au début de notre enquête, on n'avait pas beaucoup d'indices.

— Et c'est quoi le mobile du crime, la jalousie ?

— Oui, c'est un crime passionnel. Félix Lokito baisait sa femme, et il les a surpris un soir en rentrant chez lui. Ils se sont battus, il est allé prendre un couteau dans la cuisine et l'a poignardé.

— Il n'a donc pas prémédité son crime ?

— Non, je ne crois pas qu'il ait prémédité son geste, même s'il soupçonnait un peu son épouse d'avoir un amant. C'est un meurtre commis sur un coup de sang, dans un accès de colère.

— Comment s'appelle-t-il ?

— Son nom est Mattéo Da Silva, et son épouse se prénomme Adèle.

— Et c'est cette dernière qui couchait avec Félix Lokito ?

— Oui, son mari s'absentait souvent de Thionville pour quelques jours, voire quelques semaines, et derrière elle s'envoyait en l'air avec son amant.

— Ce Monsieur, Mattéo Da Silva, que fait-il dans la vie ?

— Il est ouvrier maçon.

— Il s'absente de la maison pendant plusieurs jours ou des semaines ?

— Oui, par exemple, quand l'entreprise de BTP dans laquelle il bosse à un chantier à Lille, à Lyon, en région parisienne ou à Nantes, il travaille tout en demeurant sur place, en prenant une chambre à l'hôtel, car il ne peut pas se permettre de rentrer tous les soirs chez lui. Il ne revient qu'en fin de semaine, ou toutes les deux semaines.

— Jean-Marc, tu m'as dit au téléphone qu'il était Cap-verdien.

— Non, il est Français, mais avec des origines cap-verdiennes. Il est basané.

— Quel âge peut-il avoir ?

— Il a cinquante-et-un ans.

— Et sa femme ?

— Quarante-sept ans.

— Tu m'as dit qu'elle était enseignante dans une école primaire de Thionville ?

— Oui, elle est professeure des écoles.

— C'est vrai qu'aujourd'hui on ne les appelle plus maîtresses.

— Les enfants en classe continuent à les appeler maîtresses.

— Mais pourquoi on a changé leur appellation si c'est pour continuer à les appeler maîtresses ?

— C'est une idée à la con du ministère de l'Éducation nationale.

— Jean-Marc, le meurtre du Congolais Félix Lokito ne s'est finalement pas déroulé dans le parc Napoléon ?

— Non, il est bien mort dans le parc Napoléon, mais il a été poignardé dans l'appartement du couple Da Silva. Il s'est enfui lorsque Da Silva l'a poignardé. Il pensait être poursuivi et c'est pourquoi il a sauté la grille pour se cacher dans le parc Napoléon, répondit le policier.

— Il t'a dit qu'il l'avait poursuivi ?

— Oui, il a tout avoué, mais il s'est arrêté devant la porte de l'immeuble quand il s'est aperçu que Lokito se trouvait déjà loin, dans l'avenue du Général de Gaulle. Nous avons également prélevé ses empreintes pour les comparer à l'empreinte retrouvée sur le corps de Félix Lokito.

— Jean-Marc, comment avez-vous remonté la piste de Monsieur Da Silva ?

— C'est simple, dès l'instant qu'on a découvert l'existence de la deuxième maîtresse de Félix Lokito ici à Thionville, on a tout de suite pensé à un mari jaloux et possessif. La chose qui nous a vraiment mis sur la piste de Da Silva, c'est l'adresse où ils habitent, dans l'Avenue du Général de Gaulle, où est également situé le parc Napoléon. Leur appartement donne sur ce jardin public. Ils ont une belle vue depuis leurs fenêtres. Et à partir de là nous avons décidé d'interroger Madame Da Silva.

— Comment a-t-elle réagi ?

— Elle a été très coopérative dès le début de son audition. Elle a voulu quelque part soulager sa conscience en faisant des aveux complets. Nous avions dès le début de l'enquête la conviction que l'auteur du crime ne pouvait venir que des environs. C'est le frère de Félix Lokito qui nous a réellement mis sur la piste. C'est lui qui nous a parlé d'Adèle Da Silva. Au début, il ne savait pas que son frère avait deux maîtresses ici à Thionville, expliqua le policier.

— Est-ce que ces deux femmes se connaissaient ?

— Madame Da Silva connaissait l'existence de l'autre femme, mais la maîtresse africaine de Félix Lokito ne connaissait pas l'existence d'Adèle Da Silva. Elle vient de la découvrir.

— Que va-t-il se passer maintenant ?

— Le couple vient d'être mis en examen et inculpé de meurtre. Ils sont en ce moment tous les deux placés en détention provisoire à la prison de Metz-Queuleu dans l'attente de leur procès.

— Ils ont des enfants ?

— Non, mais le mari a un fils au Cap-Vert.

— Avez-vous informé la famille de la victime ?

— J'ai téléphoné à son frère qui vit en région parisienne pour lui dire que nous venions d'arrêter le présumé assassin de son frère. Il faut maintenant qu'ils se préparent pour le procès. Ils attendent la vérité judiciaire. Il m'a dit au téléphone qu'il viendrait à Thionville la semaine prochaine pour rencontrer le procureur. Il compte également se rendre dans le parc Napoléon pour se recueillir en déposant une gerbe de fleurs sur le banc où est mort son frère.

— Tu vas l'accompagner ?

— Non, je lui ai suggéré de contacter les jardiniers du parc Napoléon. Ils savent tous où se trouve le banc où le corps de son frère était découvert.

— Que devient l'autre maîtresse ?

— Ah ! Madame Kakoulouna, elle a été très surprise en apprenant que son amant Félix Lokito couchait avec une autre femme ici à Thionville. Et savoir que c'est à cause d'elle que Félix Lokito a été tué, ça l'a beaucoup choquée.

— Jean-Marc, il vous reste une autre enquête à résoudre ?

— Oui, la disparition énigmatique de Madame Papin.

— Ce dossier ne doit pas rester en suspens comme pour la plupart des personnes disparues.

— J'ai l'intime conviction que le mari nous cache des choses, c'est un lascar.

— Tu m'avais dit qu'il était à l'hôpital ?

— Il est sorti de l'hôpital. Son hospitalisation était due à un choc émotionnel.

— Et tu penses qu'il est coupable ?

— C'est ce que mon intuition me dit. Il y a quelque chose qui cloche. La disparition de sa femme nous paraît suspecte. Nous avons bien potassé le dossier Arnaud et moi, et pensé à l'éventualité d'une nouvelle fugue, mais ça ne colle pas. On continue à enquêter.

— Si la disparition de cette femme vous paraît suspecte, il faut continuer à faire pression sur le mari ou essayer de savoir s'il a un lourd passé judiciaire. Il n'y a pas de fumée sans feu. Vous devriez le surveiller en permanence. Il va peut-être commettre une erreur élémentaire qui vous permettra de déverrouiller votre enquête. Il faut savoir qu'en France, une femme est tuée tous les trois jours par son conjoint ou son ex-mari. Le féminicide se développe de plus en plus dans notre pays.

Ils commandèrent chacun une nouvelle boisson, et continuèrent à dialoguer avant d'échanger un long baiser et de quitter le mastroquet.

Jean-Marc Balagot recevait rarement les appels de son ex-femme à son bureau. Ce jour-là, Clémence lui téléphona, en lui demandant de venir urgemment à la maison.

— Bonjour, ici le capitaine Balagot, je vous écoute.

— Jean-Marc, c'est moi, il faut que tu viennes à la maison.

— Clémence, mais qu'est-ce qui ne va pas ?

— C'est à propos de Valérie.

— Quoi ? Elle est malade ? Elle a eu un accident ?

— Non, mais il faut que tu viennes dès que possible.

— Mais dis-moi ce qu'elle a, tu as l'air si paniqué. A-t-elle eu des problèmes à l'école ?

— Non.

— Alors, qu'est-ce qu'elle a de si grave pour que tu m'appelles au commissariat ?

— Je ne peux pas te le dire au téléphone. Il faut juste que tu passes à la maison dès que possible.

— Où est Valérie ?

— Elle est avec moi.

— Bon, ne bougez pas, j'arrive.

Jean-Marc Balagot prit une voiture de fonction, banalisée, et fila droit à Yutz, à son ancienne maison pour savoir ce que son ex-femme avait à lui dire de si urgent, et ce qui venait d'arriver à leur fille Valérie.

Depuis leur divorce, Clémence avait changé l'ensemble du mobilier de leur pavillon, tout comme la peinture des murs. L'intérieur de la maison ne ressemblait plus à l'époque où ils y avaient emménagé avec leurs enfants. La cuisine, également, avait été refaite à neuf. Clémence avait engagé des travaux dans le but d'essayer d'oublier Jean-Marc. Elle avait fait don des meubles, y compris du lit où ils dormaient à Emmaüs. Elle tenait à tourner définitivement la page de son ancienne vie de couple.

— Où est-elle Valérie, et qu'est-ce qu'elle a ? demanda Jean-Marc Balagot à peine entré dans la maison.

— Elle est dans sa chambre. Jean-Marc, commence d'abord par t'asseoir, et je vais tout t'expliquer. Tu veux prendre un café ?

— Oui, je veux bien, répondit Jean-Marc Balagot tout en tirant une chaise de la table à manger pour s'asseoir.

La grande table à manger était placée vers la fenêtre qui donnait sur l'arrière-cour de la maison, où l'on pouvait directement voir le jardin. Clémence servit le café à son ex-époux avant de s'asseoir face à lui, et elle lui dit.

— Valérie n'est pas allée en cours aujourd'hui, parce qu'elle n'a pas le moral, et qu'elle ne se sent pas bien par rapport à ce qui lui arrive.

— Clémence, peux-tu enfin me dire clairement ce qu'elle a de si grave ?

— Valérie est enceinte. Nous avons fait un test de grossesse ce matin, et le résultat est positif.

— Quoi ? cria Jean-Marc Balagot, tout en tapant du poing sur la table.

— Elle sort avec un garçon depuis peu, et ils ont eu des rapports sexuels non protégés.

— Elle a un petit ami ?

— Oui, si c'est arrivé, c'est qu'elle a fait l'amour avec un garçon, s'agaça son ex-femme. Elle m'a dit que c'est un élève qui est dans son lycée, en classe de première, mais ils ne sont pas dans la même classe. Il a dix-sept ans comme elle. Et je t'avoue que je n'étais pas au courant. Elle ne m'a rien dit, car sinon, je lui aurais conseillé de prendre la pilule comme je l'avais recommandé à Violette lorsqu'elle m'avait annoncé qu'elle était amoureuse, qu'elle sortait avec un garçon.

— Mais Clémence, tu es sa mère, tu aurais dû anticiper, en plus tu es infirmière ! Tu sais très bien qu'à cet âge-là les jeunes filles commencent à avoir des petits amis, et des relations sexuelles.

— Hé ! Jean-Marc, je n'y suis pour rien si elle ne m'en a pas parlé dès le début de sa relation. Je ne peux pas tout deviner même si je suis sa mère, et infirmière. Notre fille a dix-sept ans, et nous l'élevons tous les deux, et toi aussi tu aurais dû lui demander si elle avait un petit copain !

— Je lui ai posé la question un jour, et elle n'a pas voulu m'en parler.

— Je viens d'informer le proviseur de son lycée.

— Qu'est-ce que tu lui as dit ?

— Je lui ai dit toute la vérité. Je lui ai expliqué que Valérie est enceinte, et qu'elle ne viendrait pas en cours cette semaine, le temps qu'on décide en famille de la décision à prendre. Savoir s'il faut qu'elle garde cette grossesse ou bien qu'elle avorte.

— Clémence, tu ne vas quand même pas laisser notre fille accoucher d'un enfant à l'âge de dix-sept ans !

— C'est la raison pour laquelle j'ai tenu à ce que tu viennes, et qu'on en parle ensemble tous les trois. Valérie est certes mineure, mais elle a son mot à dire. Nous allons lui poser la question sur l'avenir de sa grossesse.

— Il n'est pas question que ma fille ait un bébé tout en suivant sa scolarité. Tu sais bien que ça risque de la perturber. Elle doit choisir entre le bébé et l'école. Dans le temps, on renvoyait de l'école toutes les jeunes filles qui tombaient enceintes.

— Mais Jean-Marc, les temps ont changé !

— Clémence, j'ai l'impression que tu es pour qu'elle poursuive la grossesse. Tu veux devenir grand-mère ?

— Non, je n'ai pas dit cela Jean-Marc. J'ai seulement dit qu'elle avait son mot à dire. Et si elle tient à faire une IVG, elle le fera. De toute façon, c'est remboursé par la Sécurité sociale.

— Elle t'a dit le nom de son petit copain ?

— Il s'appelle Matthieu Letellier.

— Tu lui as parlé ?

— Non, mais le proviseur va s'en charger. Il m'a dit qu'il va le convoquer dans son bureau, et il va également informer les parents du jeune homme.

— Il vit chez ses parents ?

— Oui, ils vivent à Cattenom, et c'est là-bas qu'ils ont couché ensemble, et qu'elle est tombée enceinte.

— Que font ses parents ?

— Je ne sais pas, je ne lui ai pas posé la question.

— Si elle décide de poursuivre cette grossesse, et qu'elle continue à aller à l'école, elle sera la risée de ses camarades. Elle est encore trop jeune pour devenir maman.

— Elle ne va pas arrêter ses études à cause d'une grossesse, et ce n'est quand même pas une maladie contagieuse.

— Clémence, si cela est arrivé, c'est un peu de ta faute. Tu aurais mieux fait de t'occuper de ta fille au lieu de passer ton temps libre avec ton mec.

— Oh ! Jean-Marc, s'il te plaît, ne commence pas, tu n'es pas venu ici pour me faire la morale et une crise de jalousie. Je te rappelle que nous sommes divorcés, et que chacun de nous fait sa vie comme bon lui semble. Et si tu me parles encore de cette façon, je vais te demander de t'en aller. Nous sommes là pour parler de ce qui est arrivé à Valérie, et non pour évoquer ma vie privée. De quoi je me mêle ! Tu m'as déjà entendue te demander avec qui tu couches ?

— Bon, arrête !

— Comment ça j'arrête ! C'est toi qui as commencé à me faire une crise de jalousie bien que je ne sois plus ta femme, et tu m'ordonnes d'arrêter de t'en faire la remarque !

— Tu es la mère de mes enfants.

— Je le sais Jean-Marc, et tout le monde le sait, même mon compagnon. Je l'ai présenté aux filles. Et toi, quand présenteras-tu une nouvelle femme à tes enfants ainsi qu'à tes parents, au lieu de baiser de gauche à droite avec des femmes qui ne valent rien ?

— Qu'est-ce qui te dit que les femmes que je fréquente ne valent rien ?

— Excuse-moi Jean-Marc, contentons-nous de parler uniquement de Valérie.

— Eh bien, continuons de parler de Valérie et de sa grossesse. Appelle-la et posons-lui la question. J'aimerais savoir ce qu'elle pense et ce qu'elle compte faire.

Clémence alla dans la chambre de sa fille pour lui demander de venir au salon. Valérie vint saluer son père, mais gagnée par la gêne, n'osa pas le fixer dans les yeux. Elle s'assit en bout de table, s'attendant à être morigénée. Sa mère lui proposa un café, mais la jeune fille préféra boire un chocolat chaud.

— Tu vois, ma chérie comment tu nous remercies. On se sacrifie au travail pour que t'aies un bel avenir, et toi, en retour, tu préfères coucher avec des garçons sans aucune protection, et te voilà enceinte.

— Jean-Marc, s'il te plaît, ce n'est pas le moment de lui faire la morale. Elle est encore sous le choc. Elle n'est encore qu'une enfant.

— Une enfant qui sait comment on baise !

— S'il te plaît Jean-Marc, et arrête d'être vulgaire devant ta fille !

— Écoute, si on ne lui fait pas la morale maintenant, quand la lui fera-t-on ? Elle est certes une gamine, mais elle est responsable de ce qui lui arrive. Elle n'avait pas à sortir avec un garçon. Elle doit se consacrer à ses études comme sa sœur.

— Je te rappelle que Violette a un petit ami, et ils comptent bientôt vivre ensemble.

— Mais elle au moins, elle a d'abord attendu d'avoir son bac avant de tomber amoureuse.

— Qu'est-ce que t'en sais ? Elle avait un petit copain lorsqu'elle était au lycée.

— Mais elle n'est pas tombée enceinte. Elle attend tranquillement de terminer ses études, d'avoir un travail, de se marier, avant d'avoir des enfants.

— Papa, je te demande pardon, je ne l'ai pas fait exprès, et Matthieu non plus, dit Valérie.

— Ah ! Lui c'est un homme, et ce n'est pas lui qui tombera un jour enceinte. Il est peut-être en train de gâcher ton avenir. Dis-moi, est-il au moins au courant ?

— Oui, je le lui ai dit.

— Et qu'est-ce qu'il a dit ? demanda son père.

— Il n'a rien dit. Il a juste été étonné.

— Étonné ! Mais il doit se foutre royalement de toi. Il couche avec une fille sans mettre de préservatif, et il s'étonne que la fille tombe enceinte. Dis-moi, ce Matthieu, c'est le rouquin avec qui je t'ai aperçue l'autre jour quand je suis venu te chercher devant l'école ?

— Oui, c'est lui.

— Bon ! Il va m'entendre.

— Quoi ! Qu'est-ce tu vas lui faire ? Tu vas le frapper ou le mettre en garde à vue parce qu'il a couché avec ta fille, et qu'elle est tombée enceinte ? Je t'ai déjà dit que j'ai parlé au proviseur, et il va le convoquer dans son bureau, dit Clémence.

— D'après toi, qu'est-ce qu'il va lui dire ? Ça relève de la vie privée et non pas de la vie scolaire, même s'ils fréquentent le même lycée. Et a priori cela ne le concerne pas.

— Si Jean-Marc, ça le concerne, car ce sont des élèves de son lycée.

— Clémence, on n'enseigne plus la morale à l'école, tu le sais très bien.

— Il va certainement lui dire de mettre un préservatif la prochaine fois qu'il couchera avec une fille.

— Mais c'est une chose qu'on dit tout le temps aux gens, et partout, même à la télévision il y a une pub sur le préservatif. « Sortez couverts ! » Tu ne l'as jamais vue, mais les trois quarts des Français s'en moquent.

— Non Jean-Marc, tu ne peux pas dire ça. Il y a beaucoup d'hommes qui mettent un préservatif pour ne pas contaminer leur partenaire, et de nombreuses filles ou femmes prennent la pilule pour ne pas tomber enceintes. Des gens font quand même attention.

— Clémence, ta fille a été imprudente.

— Je le sais, et elle le reconnaît, et il ne faut pas trop la culpabiliser. Il faut au contraire qu'on lui demande ce qu'elle veut faire de sa grossesse. Valérie, dis-nous ce que tu penses. Ton père et moi pensons que tu es encore beaucoup trop jeune pour accoucher. Tu as à peine dix-sept ans, et tu vas encore à l'école. Ce n'est pas un âge idéal pour devenir mère. Tu as ton avenir devant toi, et ça serait un peu de la folie de poursuivre tes études tout en élevant un enfant. Il y a des risques que tu sois perturbée et que tu abandonnes l'école. Tu seras sous pression, et un à moment donné, tu vas craquer. Nous sommes tes parents, et on t'aime beaucoup, mais nous aimerions connaître ton avis. Tu veux poursuivre cette grossesse ou pas ?

— Non maman, je veux avorter et continuer tranquillement mes études. Je ne voulais pas tomber enceinte, c'est arrivé par accident.

— C'est très bien ma chérie, on fait tous des erreurs dans la vie. Je vais t'amener demain à l'hôpital pour te prendre un rendez-vous, et tu prendras désormais la pilule pour ne plus tomber enceinte. Tu feras des enfants plus tard, quand tu seras une grande personne, et lorsque tu te marieras, dit sa mère.

Le commissaire Gilbert Picart crut d'abord à une galéjade lorsque le proviseur du lycée Hélène Boucher lui téléphona pour lui raconter les faits d'agression physique commis la veille par l'officier de police Jean-Marc Balagot vis-à-vis d'un de ses élèves, à l'entrée de son établissement. Il demanda à voir Jean-Marc Balagot, en toute urgence, pour lui passer un savon.

— Mais qu'est-ce qui vous a pris Balagot ? Vous avez perdu les nerfs ou quoi ?

— Qu'est-ce que j'ai fait chef ?

— Quoi ? Vous me demandez ce que vous avez fait ? Vous êtes allé hier agresser un élève devant son lycée, parce qu'il couche avec votre fille.

— J'ai juste voulu le bousculer un peu.

— Vous l'avez violenté devant ses copains. Vous l'avez saisi par le collet. Il y a eu des témoins, et ce pauvre gamin a maintenant peur d'aller à l'école. Le proviseur du lycée Hélène Boucher vient de m'appeler pour me relater l'incident, et je viens à peine de raccrocher avec le père de ce pauvre garçon. Ils veulent venir cet après-midi au commissariat pour porter plainte. Mais qu'est-ce qui vous a pris Balagot ? C'est le petit copain de votre fille, ils sont amoureux, et ce garçon n'est pas un malandrin.

— Il a mis ma fille enceinte.

— Et alors !

— Ma fille n'a que dix-sept ans, elle est mineure, et elle va encore à l'école.

— Et alors ! Ce garçon aussi n'a que dix-sept ans, et il est également mineur, et ils fréquentent le même lycée. Ils ont couché ensemble sans se protéger, et malheureusement votre fille est tombée enceinte, ce n'est pas une raison pour aller l'empoigner devant ses camarades du lycée, en le menaçant de lui casser la gueule s'il continue de sortir avec votre fille. On ne se comporte pas de cette façon. Vous êtes père de famille, mais vous êtes également un policier censé montrer l'exemple en faisant preuve de maîtrise, et non pas d'exprimer votre colère en public en agressant un jeune lycéen devant son école.

— Il risque de gâcher l'avenir de ma fille.

— Oui Balagot, je vous comprends, mais vous n'auriez pas dû vous comporter comme ça. Je n'ai pas à me mêler de cette histoire, car elle concerne votre vie privée, mais comme le proviseur du lycée et le père du gamin veulent venir porter plainte contre vous, je suis obligé d'accepter leur plainte et de vous suspendre de vos fonctions, mais je peux encore les dissuader de venir porter plainte contre vous, à condition que vous présentiez vos excuses.

— Quoi ! Vous voulez que je présente des excuses à ce garçon ? Non, je refuse, et de toutes les façons il est hors de question que ma fille garde l'enfant. Elle va avorter.

— Balagot, il ne s'agit pas de vous excuser auprès du petit ami de votre fille, mais de présenter vos excuses au proviseur du lycée Hélène Boucher, et au père du jeune homme qui transmettra à son fils pour qu'il soit rassuré, et n'ait plus peur d'aller à l'école. Je m'arrangerai ensuite avec eux pour qu'ils ne viennent pas porter plainte contre vous. Vous allez les appeler maintenant, ici dans mon bureau, et c'est un ordre que je vous donne. Je mets le haut-parleur.

À contrecœur, Jean-Marc Balagot s'exécuta. Le commissaire Gilbert Picart parla ensuite à Monsieur Letellier ainsi qu'au proviseur du lycée Hélène Boucher. L'incident fut clos.

Madame Selma Belgoumi travaillait depuis cinq ans chez Monsieur et Madame Papin, comme femme de ménage. Elle habitait Fameck, et se rendait au travail chaque jour en bus. Sa propre mère avait été technicienne de surface toute sa vie, et Selma Belgoumi pratiquait ce métier de piétaille depuis l'âge de dix-huit ans, depuis qu'elle avait quitté l'école. Elle était divorcée et élevait seule ses trois enfants. Elle priait chaque jour le bon Dieu pour qu'ils réussissent à l'école et aient un meilleur emploi, soient heureux dans la vie, et ne divorcent pas comme elle. Son mari la battait, et elle avait un jour porté plainte pour violence conjugale. Malheureusement elle avait perdu le procès à cause d'un avocaillon. La police l'avait convoquée au commissariat, on voulait l'interroger sur la vie du couple Papin.

Madame Belgoumi allait bientôt avoir cinquante-cinq ans, et rêvait de prendre sa retraite le plus tôt possible à cause de la pénibilité de son emploi. Elle se présenta ce jour-là au commissariat de Thionville accompagnée de sa fille aînée, âgée d'à peine vingt ans. On voyait qu'elle avait eu des enfants sur le tard. Elle avait atteint l'âge où les femmes deviennent grand-mères, et regrettent l'époque où elles étaient jeunes et belles. La nature se venge de tout, surtout de la beauté des femmes. Selma Belgoumi avait une peur bleue de la police, car dans sa jeunesse, deux de ses frères avaient mal tourné, en devenant des délinquants multirécidivistes, de la fripouille. Ils pratiquaient le vol à l'étalage et des braquages à main armée. L'un s'était même évadé de prison de façon spectaculaire, à bord d'un hélicoptère, comme Rédoine Faïd, avant d'être retrouvé après six mois de cavale. Ils avaient passé plusieurs années en prison avant de trouver la mort de façon violente, tués de plusieurs balles, à bout portant lors d'un règlement de compte.

Selma Belgoumi se souvenait encore des descentes de la police à leur domicile, défonçant la porte de leur appartement tôt le matin alors que toute la famille dormait encore. Des policiers armés jusqu'aux dents étaient venus pour interpeller ses frères. Selma Belgoumi était terrorisée. On obligeait tous les membres de la famille à lever les mains en l'air et à s'aligner debout contre le mur, avant qu'on ne menotte ses deux frères et qu'on commence à fouiller leur maison de fond en comble. L'humiliation était grande pour toute la tribu, surtout pour Selma Belgoumi et ses parents. Depuis, la fatma d'origine algérienne tenait à tout prix à ce que ses enfants réussissent à l'école pour qu'ils ne tombent pas dans la délinquance, ou deviennent des tâcherons. Elle avait une fille et deux garçons.

En se présentant à l'accueil du commissariat, habillée sobrement, Madame Belgoumi fut conduite vers le bureau de Jean-Marc Balagot et d'Arnaud Mariotti, tandis que sa fille restait à l'accueil.

— Bonjour Madame Belgoumi et merci d'être venue, dit Jean-Marc Balagot.

— Bonjour messieurs.

— Asseyez-vous. Souhaitez-vous boire quelque chose ? Un café, un thé ou de l'eau ?

— Je prendrai bien un thé s'il vous plaît.

— Nous avons besoin de votre témoignage concernant la disparition de Madame Papin. Même si vous n'étiez pas présente le jour de sa disparition, nous avons des questions à vous poser sur la vie du couple. Comment ils se comportent tous les deux. Il faut que vous sachiez que nous sommes aussi allés au Luxembourg pour interroger leurs employés qui travaillent dans les deux pharmacies dont ils sont propriétaires, dit Jean-Marc Balagot.

— Monsieur, moi je suis prête à répondre à toutes vos questions, mais est-ce qu'en vous disant des choses qui relèvent de leur vie privée, je ne risque pas d'être licenciée par Monsieur Papin ?

— Non Madame, ne vous inquiétez pas de ce côté-là. Vous ne faites pas de la délation, vous aidez au contraire la police à retrouver une femme qui a disparu, et dont on n'a plus de nouvelles depuis plusieurs semaines. Vos réponses vont peut-être ouvrir une nouvelle piste à l'enquête. Vous connaissez sans doute des détails qu'on ignore jusqu'à présent.

— Madame, cela fait combien de temps que vous faites le ménage chez Monsieur et Madame Papin ? demanda Arnaud Mariotti.

— Je travaille chez eux depuis maintenant cinq ans.

— Et tout se passe bien ? Ils sont gentils avec vous ? Ils vous payent correctement ?

— Oui, il n'y a pas de problèmes, j'ai ma paye tous les mois sans retard. Je n'ai jamais eu à me plaindre depuis que je travaille chez eux, même s'il y a des fois où ils me font des remarques sur mon travail. Mais cela est normal, car il peut arriver à une femme de ménage d'oublier de nettoyer de la poussière quelque part.

— Vous ne travaillez pas à plein temps chez eux ?

— Désormais je travaille à plein temps, car Monsieur Papin est tombé malade à cause de la disparition de sa femme. Mais avant je ne travaillais qu'à mi-temps. J'ai un autre travail de femme de ménage dans un hôtel de Thionville.

-Vous avez toujours fait des ménages ?

— Oui, je suis femme de ménage depuis l'âge de dix-huit ans, depuis que j'ai quitté l'école. Ma mère aussi était femme de ménage.

— Vous êtes mariée, avez-vous des enfants ? demanda Jean-Marc Balagot.

— Je suis divorcée, et j'élève seule mes trois enfants.

— Vous habitez Fameck ?

— Oui, j'y suis née, j'y ai grandi, et j'y habite toujours.

— Vous dites que vous exercez deux boulots comme femme de ménage, mais maintenant que vous travaillez à plein temps chez les Papin, avez-vous démissionné de l'hôtel où vous travailliez également ?

— Non, j'ai demandé à prendre un congé d'un mois, et dès que Monsieur Papin ira mieux, je retournerai travailler à l'hôtel.

— Vous continuerez à faire le ménage chez Monsieur et Madame Papin ?

— Oui, je vais continuer à travailler à mi-temps chez eux, dit Madame Belgoumi.

— On vous a demandé de dormir sur place ?

— C'est à cause de la maladie de Monsieur Papin. Il faut en permanence quelqu'un dans la maison au cas où il ferait à nouveau une crise, et qu'on doive appeler le Samu ou les pompiers. Il souffre beaucoup depuis la disparition de son épouse.

— Depuis qu'il est sorti de l'hôpital, qu'il est un peu rétabli, est-ce qu'il se rend à Luxembourg pour travailler ?

— Il ne va pas tous les jours au Luxembourg. Il y va seulement une ou deux fois par semaine. Et moi, je ne dors pas tous les jours chez eux. Quand l'une de ses filles est là, ou quand sa sœur vient le voir, je rentre chez moi après le travail.

— Madame Belgoumi, parlons de la disparition de Madame Papin. Que pensez-vous, a-t-elle réellement disparu ou bien c'est son mari qui l'a assassinée après une discussion orageuse, et a fait disparaître son cadavre ?

— Il l'a tuée et a brûlé son corps ou bien l'a enterrée dans la forêt pour faire disparaître toutes traces, ajouta Arnaud Mariotti.

— Messieurs, je connais bien mes patrons, et je peux vous dire que Monsieur Papin est incapable de faire une chose pareille. Il n'aurait jamais touché à un seul cheveu de sa femme. Je ne sais pas ce qui est arrivé à Madame Papin, mais je ne crois pas une seconde qu'il l'ait tuée.

-Est-ce qu'ils se chamaillent souvent ?

— Oui, il leur arrive de s'engueuler, même de ne plus s'adresser la parole pendant plusieurs heures.

— Vous l'avez déjà vu frapper sa femme ?

— Non, je n'ai jamais vu Monsieur Papin taper son épouse, mais par contre, je l'ai déjà entendu l'insulter.

— Quel genre d'insultes ? demanda Arnaud Mariotti.

— Il l'insulte en la traitant de connasse, dit Madame Belgoumi.

— Est-ce que Madame Papin répond aux insultes de son mari ?

— Non, je ne l'ai jamais entendue insulter son époux. Elle répond seulement en disant : « Oh ! Tu me fais chier ! »

— Au cours de leurs disputes, est-ce qu'ils évoquent le divorce ?

— Oui, ça je l'ai parfois entendu, et c'est Madame Papin qui le prononce souvent. Ce n'est plus un couple très uni, et Madame Papin entretient un rapport malsain avec l'argent. Elle en veut toujours plus.

— Vous êtes au courant qu'ils ont entamé une procédure de divorce ? Sa femme voulait divorcer. Elle avait contacté un avocat.

— Je n'étais pas au courant.

— Est-ce qu'ils se confient parfois à vous ? En vous parlant par exemple de leurs soucis de santé ?

— Non, ils me parlent uniquement de leurs maux de tête ou maux de ventre, mais s'ils étaient opérés par exemple, ils ne me diraient rien.

— Et de leur travail ?

— Je sais qu'ils ont deux pharmacies au Luxembourg et qu'ils ont de l'argent, mais ils ont toujours été discrets tous les deux. Ils n'évoquent pas leurs problèmes de travail devant moi, ou bien à peine pour critiquer un ou deux de leurs employés.

— Est-ce qu'ils vous parlent de leurs deux filles ?

— Ils me parlaient plutôt de leurs petits-enfants qu'ils aiment beaucoup, répondit Madame Belgoumi.

— Est-ce qu'ils reçoivent souvent du monde chez eux, par exemple à dîner le soir ?

— Je ne sais pas, car je n'étais jamais là le soir. C'est seulement maintenant, depuis que Monsieur Papin est tombé malade que je passe la nuit chez eux.

— L'année dernière, Madame Papin est partie durant trois jours à Prague, sans prévenir ni son mari, ni ses enfants, ni même ses amies, et il paraît qu'elle était partie en compagnie de son amant, un Français qui vit et travaille au Luxembourg. Étiez-vous au courant de cette histoire ?

— Non, dit Madame Belgoumi.

— Que pensez-vous de leurs deux filles ? interrogea Arnaud Mariotti.

— Je ne les connais pas bien. Quand j'ai commencé à travailler chez Monsieur et Madame Papin, leurs enfants avaient déjà quitté la maison.

— Connaissez-vous leurs amis ? Je veux parler des amis du couple Papin ?

— Je connais deux femmes qui sont de bonnes copines de Madame Papin, et qui habitent boulevard Charlemagne, et un Monsieur qui est à la retraite, et qui s'appelle Monsieur Larose, et qui est très ami avec Monsieur Papin. Il habite également boulevard Charlemagne.

— Ses amies, nous les avons longuement interrogées, et ça n'a rien donné.

— Madame Belgoumi, lorsque Monsieur Papin se dispute avec sa femme, est-ce qu'il lui arrive d'évoquer les problèmes d'infidélité de son épouse ? interrogea Jean-Marc Balagot.

— Oui, il l'accuse parfois de le tromper avec un autre homme lors de leurs disputes.

— Et Madame Papin, est-ce qu'elle lui reproche d'être un mari infidèle lorsqu'ils se chamaillent ?

— Oui, elle aussi l'accuse de l'avoir trompée.

— Elle l'accusait de l'avoir trompée avec qui ?

— Elle dit qu'il couchait avec une jeune femme qui travaillait dans l'une de leurs pharmacies. Et apparemment, Madame Papin avait fini par licencier cette jeune femme.

— Madame Belgoumi, vous n'avez aucune idée de ce qui a pu arriver à Madame Papin ?

— Non, je prie Dieu qu'on la retrouve en vie et en bonne santé. Je souhaite qu'elle continue à vivre aux côtés de son mari jusqu'à la fin de leur vie.

Jean-Marc Balagot remercia Madame Belgoumi et la raccompagna jusqu'à la sortie du commissariat, où elle retrouva sa fille aînée.

Ce jour-là, à peine installé dans son bureau, Jean-Marc Balagot reçut un coup de fil venant du commissariat central de la ville du Luxembourg. Il raccrocha le combiné et parla à son collègue.

— Arnaud, il y a une bonne information qui vient de tomber.

— Par rapport à quoi ?

— Les flics du Luxembourg viennent de m'appeler.

— Qu'est-ce qu'ils t'ont dit ?

— Ils ont du nouveau pour nous.

— Je ne te suis pas Jean-Marc.

— Je leur avais demandé, sur dérogation du juge d'instruction, de mettre sur écoute les deux pharmacies du couple Papin, et ils ont enregistré Monsieur Papin en train de dialoguer au téléphone depuis l'une de ses pharmacies avec un dealer de cannabis qui est fiché au Luxembourg et chez nous, et qui est récemment sorti de prison.

— Quoi ! Tu avais demandé des écoutes au Luxembourg sans m'en parler ? Jean-Marc, je suis ton coéquipier, ton alter ego, et nous sommes deux à travailler sur cette affaire. Tu aurais au moins dû m'en informer.

— Tu m'excuses Arnaud, mais quand je me suis rendu ces derniers temps au Luxembourg pour faire cette demande, tu n'étais pas là, et j'ai complètement oublié de t'en parler. Maintenant, si tu veux, on va filer au Luxembourg pour écouter et récupérer ces écoutes.

— Ils ne peuvent pas nous les envoyer par mail ?

— Non, tu connais les procédures entre différents services de police au sein de l'Union Européenne. Je dois d'abord signer un document avant qu'ils ne me les remettent.

-Ils vont continuer les écoutes ?

— Oui, ce n'est pas terminé. Allez ! On file au Luxembourg, ils nous attendent.

— Jean-Marc, tu ne veux pas d'abord informer le commissaire ?

— On l'informera au retour, quand nous aurons tout écouté et appris ce qu'ils se sont dit au téléphone.

— Qui est ce dealer ?

— Il s'appelle Omar Ayouch, et il est bien connu des services de police.

— Il trafique de la cocaïne ?

— Oui, en tout cas, c'est un gros poisson. Je me demande ce qu'ils peuvent trafiquer ensemble tous les deux.

— Peut-être qu'ils sont seulement amis.

— Non, j'y n'y crois pas, car sinon, ils se seraient appelés à leur domicile, ou directement sur le portable de Monsieur Papin. Nous avons mis sur écoute son téléphone portable, y compris le téléphone fixe de leur maison, et Omar Ayouch ne l'a jamais appelé sur aucun de ces deux numéros.

— Jean-Marc, d'où sont venus les appels du dealer qu'il a reçus depuis l'une de ses pharmacies ?

— Mais de France, raison de plus de se douter de quelque chose.

— Tu penses qu'il peut être impliqué dans la disparition de sa femme ?

— C'est ce que nous allons bientôt découvrir.

— Jean-Marc, tu avais raison quand tu disais que Monsieur Papin était louche, qu'il nous cachait des choses.

— Il est peut-être en danger. Je me demande s'il ne faut pas envisager de mettre une équipe de surveillance devant son domicile.

— Attends Jean-Marc, nous allons d'abord aller tranquillement écouter ces enregistrements pour en avoir le cœur net.

— Ça m'étonnerait qu'ils parlent tous les deux de produits pharmaceutiques.

— Ils ont peut-être évoqué une histoire de gonzesses.

— Pourquoi évoqueraient-ils une histoire de filles ?

— Ils fréquentent peut-être ensemble un club échangiste à Luxembourg.

— C'est vrai qu'il y en a en pagaille là-bas.

— Nous n'avons jamais enquêté dans ce milieu toi et moi, dit Arnaud Mariotti.

— Quoi ! T'es curieux d'aller jeter un œil dans un club échangiste ? s'amusa Jean-Marc Balagot.

— Si le travail un jour m'oblige à filocher des gens qui fréquentent assidûment ces endroits, je serais obligé d'aller voir comment les choses se passent dans un club échangiste.

— Arnaud, tu imagines un peu la scène, tu présentes ta brème[11], et tu leur lances : police ! Rhabillez-vous, vous êtes tous en état d'arrestation. Et là, tu vois toutes les bites débander.

Les deux compères s'esclaffèrent. Ils continuaient à rouler sur l'autoroute, à la vitesse autorisée, en direction du Grand Duché du Luxembourg. Il pleuvotait. La circulation était fluide, contrairement aux heures de pointe où les usagers de cette autoroute sont pressés de rentrer chez eux, en roulant parfois au-delà des limites de vitesse autorisées de peur d'être coincés dans les bouchons. D'ailleurs, beaucoup d'automobilistes français se rendant chaque jour au Luxembourg pour y travailler pratiquent désormais le covoiturage afin d'économiser les frais d'essence, et ne pas être flapis en fin de semaine.

Ils arrivèrent au commissariat central du Luxembourg, et écoutèrent les trois conversations téléphoniques entre Gustave Papin et Omar Ayouch, un délinquant multirécidiviste connu et gros vendeur de cannabis. C'était un homme très défavorablement connu des services de police. Les deux policiers français reçurent un coup de tonnerre. Omar Ayouch retenait en otage Marie-Jeanne Papin, l'épouse de Monsieur Papin, et réclamait à ce dernier

[11] Carte de police.

une grosse somme d'argent. Il s'agissait en fait du pognon qu'il avait placé dans les deux pharmacies appartenant au couple Papin pour blanchir son argent sale. Il était prêt à maltraiter moralement, voire physiquement sa femme pour récupérer son dû. La disparition de Madame Papin ressemblait à un règlement de comptes entre le pharmacien Gustave Papin et le dealer de drogue Omar Ayouch. Une histoire de carambouille. Marie-Jeanne Papin avait pris rendez-vous avec le trafiquant de drogue pour essayer de trouver une solution à l'amiable pour rembourser l'argent que le couple devait à Omar Ayouch, mais elle avait été prise en otage. Monsieur Papin était un mercanti qui fricotait discrètement avec le milieu.

Jean-Marc Balagot et Arnaud Mariotti rentrèrent à Thionville, et allèrent directement dans le bureau du commissaire pour lui faire écouter les enregistrements, copiés sur une clé USB. Les deux policiers étaient contents. Grâce à la preuve qu'ils détenaient, cette affaire de disparition de Madame Papin, sur laquelle ils travaillaient depuis plusieurs mois, était sur le point d'être résolue.

— Bonjour chef.

— Bonjour Jean-Marc, bonjour Arnaud.

— Chef, on sait qui détient Madame Papin, dit Jean-Marc Balagot.

— Quoi ! Vous l'avez retrouvée ? Elle est vivante ?

— Elle est vivante chef.

— En fait, elle a été prise en otage, ajouta Arnaud Mariotti.

— Qui est-ce qui l'a prise en otage, et pourquoi, il n'y a pas eu de demande de rançon ?

— Nous avions demandé à la police luxembourgeoise de placer sur écoute les deux pharmacies qui appartiennent au couple Papin, à Luxembourg.

— J'étais au courant, dit le commissaire Picart.

— Chef, d'après ces écoutes, Monsieur et Madame Papin faisaient du blanchiment d'argent. Ils blanchissaient l'argent de la drogue d'un gros dealer français fiché à la fois au Luxembourg et en France.

— C'est qui ce dealer ?

— Il s'appelle Omar Ayouch, et il habite Woippy, dans la banlieue de Metz.

— Jean-Marc, je sais où se trouve la ville de Woippy, pas la peine de me le préciser, dit le commissaire Picart.

— C'est lui qui détient en otage l'épouse de Monsieur Papin.

— Il la détient où, à Woippy ou ailleurs ?

— Ça chef, on ne le sait pas encore.

— Que disent les écoutes ?

— Omar Ayouch lui réclame la somme de trois millions d'euros pour libérer sa femme.

— Et cet argent appartient à qui ? À Omar Ayouch, lui seul, ou bien à ses associés ?

— Ce pognon est à Omar Ayouch, seul, et il tient à ce qu'on lui en rembourse la totalité, mais Papin lui avait dit qu'il ne pouvait pas rassembler toute la somme dans l'immédiat, seulement une partie. C'est la raison pour laquelle sa femme qui connaît aussi le dealer, est allée le voir pour tenter de le raisonner, de trouver un terrain d'entente, d'accepter qu'on le paye en plusieurs fois, mais apparemment Omar Ayouch n'a pas voulu, et c'est pourquoi il a gardé l'épouse comme otage. Je pense qu'il s'est fait arnaquer par Papin.

— Est-ce qu'il a maltraité sa femme pour lui donner un avertissement ?

— Non chef.

— Et comment savez-vous que son épouse est toujours en vie ?

— Nous avons entendu sa voix au téléphone, sur les écoutes, dit Arnaud Mariotti.

— Elle est apparemment en bonne santé, ajouta Jean-Marc Balagot.

— Elle a donc parlé à son époux au téléphone ? demanda Picart.

— Oui, Omar Ayouch lui a passé sa femme pour qu'ils discutent quelques secondes au téléphone.

— S'il a voulu le rassurer en lui passant son épouse au téléphone, c'est sans doute parce qu'il ne veut pas la tuer. Il tient juste à récupérer son argent. Mais sa patience peut avoir des limites. Si Papin ne lui rembourse pas ses trois millions d'ici un certain temps, il y a des risques que les choses se passent mal. Les trafiquants de drogue ne rigolent pas. Ils n'ont aucun scrupule ni remords, dit Picart.

— Chef, ce que les gens ont raconté sur la fortune de ce couple Papin est donc vrai. Ils ne l'ont pas gagnée grâce à leurs pharmacies, mais avec l'argent de la drogue. Ce Papin est un grand acteur et manipulateur. Il nous a roulé dans la farine.

— Ils se sont fixé un rendez-vous demain soir ici à Thionville, dit Arnaud Mariotti.

— Le rendez-vous aura lieu où, et à quelle heure ? demanda le commissaire.

— Sur le parking du supermarché Leclerc, à partir de vingt-deux heures.

— Et qui a fixé ce rendez-vous ?

— C'est Papin lui-même, mais c'est Omar Ayouch qui a fixé l'heure du rendez-vous.

— Apparemment, ils ont l'habitude de se donner rendez-vous le soir sur ce parking pour échapper à la surveillance de la police, ajouta Mariotti.

— Vous ne l'avez jamais pris en filature depuis qu'il est venu déclarer la disparition de sa femme ?

— Non chef, on a juste mis ses téléphones en France sur écoute.

— Vous auriez dû dès le début de l'enquête penser à mettre également ces pharmacies sur écoute, on aurait remonté depuis la piste de ce dealer.

— Vous avez raison chef, mais on n'y a pas pensé.

— Bon ! Ça suffit ! Maintenant, faites-moi écouter ces zonzons[12], et vous Arnaud, s'il vous plaît, sortez-moi le pedigree de ce Omar Ayouch. On va savoir combien de fois il a déjà été envoyé en prison, et où il a purgé ses peines.

Le commissaire Picart termina d'écouter les écoutes téléphoniques entre Gustave Papin et Omar Ayouch, au moment même où Mariotti revenait dans le bureau du chef.

— Chef, voici le casier judiciaire d'Omar Ayouch, et c'est long comme le bras. Nous avons affaire à un beau mec[13]. Il a passé la moitié de sa vie d'adulte en prison. Il est né au Maroc, est arrivé en France avec ses parents lorsqu'il avait l'âge de deux ans. Sa famille a toujours vécu à Woippy. Omar Ayouch a quitté l'école à treize ans. Il est tombé tout de suite dans la petite délinquance. Il fut condamné à deux reprises pour vol, et envoyé dans un centre de rééducation pour mineurs. Il revient à Woippy, chez ses parents à seize ans, mais récidive rapidement, et dès l'âge de dix-sept ans, il est connu des services de police comme vendeur de drogue. Il va écoper de plusieurs mois de prison avant sa majorité. Dès vingt-deux ans, il s'affirme comme chef de bande et gros trafiquant de cannabis dans la région et au Luxembourg. Il allait se fournir directement au Maroc. Depuis sa majorité, il a été condamné à quatre reprises, dont une fois au Luxembourg, pour trafic de drogue, violence aggravée, escroquerie et port d'arme prohibé. Au Luxembourg, il s'est fait serrer pendant cinq ans. Il vient récemment de sortir de la prison de Queuleu après avoir purgé huit ans d'emprisonnement pour détention de

[12] Les écoutes téléphoniques.

[13] Un truand d'envergure.

stupéfiant et braquage à main armée. Lors de cette incarcération, il fut placé automatiquement DPS[14]. L'État a confisqué tous ses biens dès sa condamnation.

— Qu'avait-il comme biens ?

— Deux Mercedes, une maison située à Woippy, un magasin de vêtements de sport à Nancy et un snack-bar à Metz.

— Quel âge a-t-il aujourd'hui ?

— Cinquante ans.

— Il est marié ?

— Oui chef, il a une femme et deux enfants. Il fréquente les tripots.

— Il vient tout juste de sortir de prison, et forcément il est fauché, et a besoin d'argent. Il a une famille à nourrir, et tout ce qui lui reste de ses activités de trafiquant de drogue, c'est l'argent qu'il a blanchi chez le

couple Papin. Il n'est donc pas surprenant qu'il le menace en prenant l'épouse en otage pour qu'on lui rende ses trois millions d'euros.

— Chef, si on allait l'arrêter et l'obliger à nous dire où il cache Madame Papin, suggéra Jean-Marc Balagot

— Non, déjà on ne sait pas où il habite, vu que l'État lui a confisqué sa maison. Et il n'est pas dit qu'il va nous guider à l'endroit où il détient cette femme sans être sûr de récupérer son magot auprès de Monsieur Papin. Les trafiquants de drogue ne plaisantent pas quand il s'agit d'une histoire de gros sous. Ce sont des gens qui n'ont ni foi ni loi, et qui assument tout ce qu'ils font. Ils sont prêts à retourner en prison ou à prendre une balle dans la tête. Ils avouent rarement, et ils n'aiment pas se faire pigeonner. On peut essayer de géolocaliser son téléphone vu qu'on a son numéro, et aller l'arrêter, mais je pense qu'il faut trouver une autre solution. Il a rendez-vous demain soir sur le parking de Leclerc avec Monsieur Papin. Nous allons en

[14] Détenu particulièrement signalé.

profiter pour lui tendre un piège. Il va à mon avis amener avec lui son otage pour faire l'échange comme ils ont convenu. Mais, la question que je me pose, c'est : est-ce que Papin a réussi à rassembler la somme de trois millions d'euros, ou bien lui a-t-il menti pour récupérer son épouse ? Il pourrait nous appeler demain matin pour nous dire que sa femme a été kidnappée et que le ravisseur l'a contacté, et qu'ils ont fixé un rendez-vous pour apporter la rançon.

— Chef, il ne fera jamais ça en sachant que son portable est sans doute sur écoute de la police.

— Chef, si on allait lui parler en lui révélant que nous sommes au courant de sa manigance avec le trafiquant de drogue Omar Ayouch, qu'on avait mis ses deux pharmacies sur écoute ? On peut lui proposer de porter un micro quand il se rendra au rendez-vous avec Omar Ayouch, de faire comme convenu, c'est-à-dire, lui remettre l'argent et repartir avec sa femme, et dès le lendemain, on procède à leur arrestation à tous les trois pour blanchiment d'argent et non-dénonciation de l'enlèvement et séquestration, suggéra Mariotti.

— Non, quand il sortira de prison, il risque d'aller dégommer Papin, voire le couple, pour son argent, et le fait d'avoir été balancé à la police. Chez les gens du milieu, on pardonne tout, sauf les balances, répondit le commissaire.

— On fait quoi chef ? demanda Balagot.

— J'ai bien écouté leurs conversations téléphoniques, et pour leur rendez-vous, Omar Ayouch a bien dit vers vingt-deux heures, sans trop préciser l'heure exacte. Papin va sûrement se pointer sur le parking de Leclerc à vingt-et-une heures, et attendre patiemment. Je pense qu'il attendra longtemps, même jusqu'à minuit ou deux heures du matin s'il le faut. Et il n'osera pas téléphoner à Omar Ayouch sur son portable si celui-ci tarde à arriver, en sachant que son téléphone est peut-être sur écoute. Non, il ne prendra pas ce risque. Bon ! Il faut dès demain matin mettre une équipe pour surveiller Papin. Le prendre en filature dans tous ses déplacements, même s'il se rend au Luxembourg. On doit le filer toute la journée. Et ce n'est pas à vous deux de vous en occuper, car il a déjà vu vos visages, et il y a des risques pour que vous vous fassiez détroncher. Il faut envoyer Gaëlle et Ludovic par exemple. Quant à vous deux, vous formerez deux équipes, tout en restant en contact permanent avec Gaëlle et Ludovic. Vous irez dès vingt-et-une heures vous mettre en planque sur le parking de Leclerc. Le centre commercial sera à mon avis déjà fermé. Vous attendrez tranquillement l'arrivée de Papin, ensuite celle d'Ayouch, et vous les interpellerez au moment de l'échange du pognon contre la femme. Il est probable qu'Ayouch sera accompagné d'un individu dans la voiture. Il est aussi possible qu'il soit armé. N'oubliez donc pas de prendre toutes les précautions nécessaires au moment de les arrêter, car c'est un type dangereux. Il est prêt à dégainer pour ne pas se faire prendre.

Ce soir-là, il faisait une nuit d'encre, et un silence de cimetière régnait sur le grand parking du centre commercial Leclerc de Thionville. Le parking était presque vide. Les magasins aux alentours ainsi que les entreprises avaient déjà fermé lorsque Balagot, Mariotti et l'équipe formée par deux de leurs collègues arrivèrent sur les lieux, vers vingt-et-une heures. Ils attendirent quarante minutes avant d'apercevoir la voiture de Papin qui se garait dans l'allée numéro six du parking. La voiture banalisée dans laquelle se trouvaient Balagot et Mariotti était garée dans l'allée numéro quatre, et celle de leurs collègues était située dans l'allée numéro un. Ils attendaient maintenant l'arrivée d'Ayouch. Ils portaient tous les quatre leur gilet pare-balle, et leurs armes étaient prêtes à être dégainées.

Au bout de plusieurs heures d'attente, vers minuit trente, une voiture Peugeot fit son entrée sur le parking de Leclerc, avec, à son bord, deux hommes de type maghrébin. On reconnaissait le repris de justice et vendeur de drogue Ayouch, avec son teint basané et une barbe bien taillée. Il était accompagné d'un de ses neveux au visage émacié, et qui devait sans doute être un loubard. La voiture se dirigea vers l'allée numéro huit du parking pour se garer, tout en gardant les feux allumés. Papin qui venait d'allumer ses phares, sortit de sa voiture pour se diriger vers la bagnole que conduisait le dealer de cannabis. Il tenait une sacoche à la main, et arrivait devant la voiture d'Ayouch, engagea avec lui une discussion, avant que ne retentissent trois coups de feu. Balagot et son collègue Mariotti, pistolets à la main, suivis de leurs collègues coururent en direction de la Peugeot, en criant : police ! police ! Le jeune passager assis à côté du trafiquant Ayouch, mit les mains en l'air. La peur se lisait dans son regard. Il avoua aux policiers qu'une femme se trouvait dans le coffre de la voiture. Madame Papin était bâillonnée et ligotée avec du ruban adhésif transparent, mais elle était saine et sauve. On lui enleva le bâillon et le scotch. Elle tomba dans les bras de son mari qui venait de jeter son arme par terre. Elle pleura. Le couple fut menotté et conduit directement au commissariat, ainsi que le neveu d'Ayouch. Le trafiquant de drogue avait reçu trois balles dans la tête, tirées à bout portant. Les pompiers vinrent plus tard enlever son cadavre.

Achevé d'imprimer par Corlet - 14110 Condé-en-Normandie
N° d'Imprimeur : 1161503 - Février 2022 - Imprimé en France